這裡沒有神

|漁工、爸爸桑和那些女人|

李阿明　文/攝影

海には、自由だけではないんだ。

It is not as free as you think to be on the sea.

SUCCESS

PNG-578
BL-2039

100
100
100

BI2163

今でも夜明けを待っているから……

Still waiting for the dawn...

目 錄

CONTENTS

第三篇 · 無止境的夜

第四篇 · 遊戲人間

第五篇 · 凝視深淵

推薦序 I

最赤裸的漁港筆記

《做工的人》作者
林立青

他像是一個歷劫歸來的老人，坐在漁港邊，獨自喃喃地說著自己的故事。

臺灣近年來開始有大規模針對漁業的報導和書寫引發關注，首先是報導者的「血淚漁場」，接著宜蘭縣漁工職業工會的李麗華得到人權英雄獎，這都引發臺灣社會對於漁工處境的關心以及討論。

但在我看來依然不足：除了報導者有針對漁船上船長進行訪談以外，我幾乎無從得知臺籍漁工、印籍漁工以及菲籍漁工他們的生活與心聲。官員說的管制方式以及數據，終歸只是執法施政的技術，學者給的量化質化，也不可能真正代表第一線勞動者的感受。

可是我始終認為，理解第一線勞動者，才有可能真正解決這些「人的問題」，如果我們根本不知道他們的生活環境，也沒有基層勞動者能為自己發聲，那麼我們只會看到補破洞的政策而已。

李阿明大哥的文，從一個漁場的「爸爸桑」開始書寫，寫的是整個漁業的想法以及價值觀，從送來的餐點如何分配，到以「幹你娘」做為工作人員打招呼的方式，他們的薪水多少，整個文字粗獷直接、生猛有力，甚至令我想到早期工地裡沒請到保全時，那些所謂「顧寮人」的生活。

這部作品的價值就在這裡：阿明像是個忠實紀錄的老人，把所有在漁船周遭生活所看到的一切記錄下來，那裡沒有官方所需要避諱的話題，從性交易到互相鬥毆，誤打警察的傳言成為故意要打的真實書寫曝光在書上，你看這本書不會看到法規，畢竟在他的世界裡面根本沒有法律這種事，「凍魚的冷凍艙，正常凍魚體外，偶爾也凍人體，返港時檢警勘驗」，就算寫到警察，也不用法律來說，而是用執法的權力去描述「底層的人都是如此，誰敢對抗警察，誰就會被歌功頌德成為英雄，但真正碰到警察時又變回成一個俗辣。」

令人感到驚異的，或許不是他文字的直白，而是他在直白文字下誠實說出的各種潛規則已經到了「理所當然」的地步：強姦仙人跳是透過黑白兩道喬事，並且「黑吃黑」搞出案外案，漁工團結起來在靠港時盜賣漁獲，顧船人又應該如何刀切豆腐兩面光的保全自己。甚至有「虧空職守？再說啦！漁船億來億去，船老闆不差這點小錢，有的船公司會裝不知道，量別太多、魚別是高單價的就好。有錢大家賺，和氣生財！」

在漁工之中，也有令阿明難受的場景：一個智能障礙的女子，用著遠低於一般人的價碼賣身，結果這「三百A」價碼卻取代了她的名字，我讀至此時，感到難受而無力。

讀完這本書以後，我難以言喻我的感受：這和我看到的世界相似，卻又用了更直接、更白話的方式說出，像是一個歲暮老人，自顧自的將自己的所見所聞交在我的手上，裡面沒有要討論或者要和他人爭辯，只有赤裸裸地、真實地呈現出現實社會的樣貌。

這樣一本書的問世，或許正好處在臺灣漁業飽受批評的時刻，阿明的文字犀利而直接，毫無顧忌的呈現出第一線漁港人員的所見所聞，我始終認為這樣的文字，是臺灣社會現在該去看，該去理解並且深入討論的。

他的故事，每個人或許都應該停下來聽一聽。

推薦序 II

這裡只有人

燦爛時光書店 負責人
臺灣一起夢想協會 祕書長
張正

如果要去當外籍移工，漁工是墊底的選項。一般移工做「3D」工作：骯髒（Dirty），危險（Dangerous），辛苦（Difficult）。而外籍漁工多一個「D」，Distance，距離。這距離不僅是離開家鄉的距離，還包括離開陸地、離開文明的距離。

在遠離陸地的汪洋大海之中，不管多少噸的漁船都顯得狹小逼仄。船上各色人等一邊以肉身與大海搏鬥，一邊還得與同船出海的人搏鬥。而大海之險，未必險過人心。於是，傳聞中一次次的海上喋血，彷彿就可以理解了。

但是那些血腥的細節，以及導致血腥結局的理由，我們這些岸上的人仍不清楚。無奈漁港和漁船是那麼難以親近的所在，一般臺灣人與外籍漁工之間，又隔著一道迷霧似的語言障礙。該怎麼辦？

此時，阿明哥撥開層層迷霧橫空出世！他一手拎著相機，一手拎著酒，嘴裡還叼著菸。江湖上傳聞，早年是媒體工作者的阿明哥，如今與外籍漁工們稱兄道弟，手握數以萬計的漁工照片。

可想而知，媒體記者紛紛熱情滿滿、風塵僕僕前往高雄，想要透過阿明哥獲取外籍漁工的第一手資料。對此，阿明哥的感想很直白：「林貝又要接客，午告雖！從沒聽過打算長期駐點，就只想透過漁港人，在最短時間內取得最大效益。」

讀完這本書才知道，阿明哥之所以能拍到那麼多照片，是因為他中年無業、閒來無事，意外成了「顧船的」，而且一顧就是三年多。其實三年前，阿明哥也是玩票性質地晃去港邊拍外籍漁工。拍著拍著，被「顧船的」前輩阿壽嗆：「拍什麼漁工？偶爾來走動走動就能深入？」「有種，來當顧船的。上船跟漁工睡，二十四小時長期相處，才能感同身受，才知道什麼叫漁工！」

「顧船的」又被稱作「爸爸桑」，工作性質類似保全人員，必須二十四小時全天守著船，周旋在船公司、外籍漁工，以及港邊的三教九流之間。「顧船的」通常是老男人，一天工資一千元，連續顧一、二十天，天數愈長的職缺愈搶手。

這個工時超長但沒有真正任務的工作（船上有啥異狀通知船公司即可），讓阿明哥名正言順混進了漁港這片人類學田野，充分揮灑他的記者魂。我原本以為書中只會看到外籍漁工，但是阿明哥以流暢又粗野的臉書體文字，領著讀者看到更多出入漁港的底層角色：原住民船員、中國大陸船員、船公司「現場的」、港邊賣春女、賣便當的「素珠自助餐」、偷搬漁獲的海蟑螂發財車……

這些或善良、或貪婪、或豪爽、或傻乎乎的角色，在海陸之交、野蠻與文明並存的漁港，菸一根一根抽，酒一瓶一瓶乾，交織出一幅色彩濃烈的港口風景。自稱「好事不會做，壞事又做不好」的阿明哥近距離拍照、書寫，不談關懷弱勢（這會讓他倒胃口），不說高深理論，不理會非黑即白的正與邪、是與非，只藉由穿插髒話的滿篇細節，描繪超展開的人性。

是的，阿明哥眼中的漁港，沒有神，都是人，那些與你我全款，不好不壞、時好時壞、又好又壞的人。

推薦序 III

生猛蒼涼的人生道場

上下游記者　蔡佳珊

他的名字叫李阿明，再平凡不過。印象中，到他這個年紀的攝影師，都已有了顯赫聲名。但李阿明卻像是橫空出世的新人，五十八歲的他最近推出一系列高雄漁港的外籍漁工攝影作品，瑰麗奇幻的色彩與張力極強的劇照感，迅速擄獲許多眼球。

「在此之前，我快二十年沒拿相機了。」李阿明開門見山道。其實他是資深攝影前輩，時周多媒體數位影像組組長、資訊室副主任、中時網路影像副總監。當主管不在第一線後，相機就少拍了，改玩影像處理。二〇〇二年，他辭職回高雄老家照顧老母與孩子，從此不碰影像，與媒體圈、攝影圈完全沒往來，就像「出國深造」。

李阿明形容這是他人生中最陰暗的時期，閱讀、電影、音樂，是他的救贖。十多年後，他髮已花白、背微駝，但眼中的火沒有熄。三年前母親往生，孩子也都長大北上，「歐吉桑一個人在家要幹麼？」李阿明翻出老相機，取下鏡頭，再買了新的數位機身。重新裝上的那一刻，過去的攝影魂好像回來了，但又已經完全是不同的人。

回到底層，生命基調與漁港共鳴

「過去在媒體，一定會有制約，要符合編輯臺的喜好。」但經歷了十幾年的沉澱，李阿明過往的習性已淡到近乎歸零。

他揹著相機到處閒逛，走到離家不遠的前鎮漁港，就定住了。

漁港的巨大能量如潮水向李阿明湧來。「那邊就是酒色財氣，都是藍領階層，只要你大方，就受歡迎。所謂的大方也沒什麼，就是菸啊、酒啊……」他也出身貧困鄉村，父母都是文盲，「這些人的年紀跟我差不多，但語彙和想法都類似我爸媽那年代，我覺得很親切，他們也覺得我『對味』。」

李阿明從小功課不好，但國中智力測驗卻是全校第二名，從此老師高壓管教、父母傾力栽培，家裡雖窮，但他要買什麼書就買什麼書，埋下大量閱讀基礎。一路升學、工作、當上主管，在臺北市買了房子，看似平步青雲。但在辭職返鄉之後，一切煙消雲散，甚至去做過《中國時報》印刷廠的晒版臨時工。

「沒有桌子椅子沒有電話名片，被他們最基層的人吼來吼去，我也認了，以前在職場留下的最後一點優越感也被掏空了。」這歸零更為徹底，影響到他拍漁工時的出發點。

漁工是外地人，做的又是最低階的工作，甚至是低階中的低階，「他們其實很敏感，你的肢體語言一定會透露什麼訊息。」李阿明雖戴著眼鏡，身上卻充滿草莽氣息，憑著海派個性，和「臭幹六譙」的能力，他在漁港不只被接納，更融入成為其中一員。

也因此，在李阿明鏡頭下的漁工顯影坦率而真實。他在靠岸的船上與外籍漁工們朝夕相處，一起喝酒打屁、嬉鬧玩耍，從口袋裡拿出傻瓜相機，遊走其間如同隱形人，大多數的漁工早已習慣他的存在，也習慣他的相機。

「拍船員不難，只要小小的幾個『夠』：夠窮，夠老，夠髒（耐髒），夠粗鄙，生命中難以承受之……夠不要臉。」李阿明自嘲。

漁港如劇場，如實捕捉人生百態

漁工們幾乎都是小伙子，大眼睛天真單純、活潑熱情，有些才十多歲，年紀就跟李阿明的孩子差不多。他打入了這群年輕人的生活，有菸有酒同享，有困難時他盡力幫忙。

「我跟他們在一起真的滿愉快的，我就是歐吉桑啊，沒事幹，時間多。有時候一整天一張都沒拍，就是去混一混。」之前十幾年累積的負面能量，在海風中逐漸釋放。

拍底層，常見的是人道關懷濃厚深刻的黑白攝影風格。但李阿明鏡頭下的光影卻豔麗迷離，猶如電影劇照。他不刻意描繪漁工血淚，只誠實捕捉他們日常生活的吃喝拉撒睡，勞動與放鬆，辛酸與歡快。這一拍就拍了三年多還不能罷手，「這個場域的視覺元素非常豐富。」繩索、漁網、刀、鉤，油漆剝落的船身、赤裸黝黑的人身，斑斕交錯中，暗藏命運的符碼，演出人性的真善美與貪瞋痴。

漁工們的熱情，也是李阿明不可自拔的理由。「他們跟我熟了，都很喜歡拍照，只要看到我就很 High。」也因此，當他對著沐浴中的漁工舉起相機，得到的不是叱罵或羞赧，而是爽朗的笑。

「我也質疑我是不是在消費人家，這個問題困擾我很久。」因而李阿明絕對尊重被攝者意願，也會把照片燒成光碟送給漁工們做紀念，所以多數漁工不僅不排斥，甚至口耳相傳、爭著被拍，熟一點的還會和他互加臉書，過節時彼此問候。

走上船的那個年輕女子

李阿明聆聽外籍漁工們的思鄉之情、靠岸時萍水相逢的戀曲，以及在船上作業的種種。有些人從沒打過電話回家，因為家裡窮得沒電話。有些人認識了又消失了，因為落海。雖然每個人各有辛酸，但當大船靠岸、船長回家，是漁工們難得休息放肆的時刻，口袋裡又有剛領的薪水。他拍下他們玩樂搞笑的可愛模樣，也拍他們宿醉、鬧事被架走，甚至性交易。

即使如此優游於這個環境，李阿明卻也曾遇到按不下快門的艱難時刻。言語間一派輕鬆自在的他，語調突然沉重起來。「那是一個白白淨淨的臺灣女生，個子小又秀氣，智能有點問題，要價一次只有三百塊。」

當漁船靠岸，滿船血氣方剛的漁工生理需求必須抒發，只有此刻，才會有年輕女性上船。這類性工作者以東南亞籍居多，其中這名纖弱的臺灣女子格外引人注目，眾人納悶問她：「為什麼只要三百？」她答，「一百塊我就有飯吃了。」

李阿明甚至代為叫過價：「不行！要五百！」最後還是三百成交。他神情憫然，「我ㄍㄧㄥ了快一年，才拍下她第一張照片，當時喝了酒，才有勇氣。」

是紀錄也是修行，在暗處看到光

李阿明拍漁港，剛開始也是從客觀紀實的角度出發，盡量讓自己空白，摒棄先入為主的意識形態。慢慢地，他從單純的旁觀者到深入群體，主觀的表現漸趨強烈。

無時不混在船上，何時何地會有最佳光線與場景，他了然於心。他只需耐心地「等」，等主角走進畫面。

維持不干涉、也不擺拍的前提，儘管要編導畫面對他而言並非難事。「反正我時間多，『愚工』拍漁工。」李阿明不想被刻意創作的欲念所綁架，希望保持最初的隨性自在。

然而，隨性的背後其實是更多的思索。他並不滿足於現狀，開始閱讀人類學家和社會學家的民族誌田野書寫，如《我的涼山兄弟》、《地下紐約》，為自己的紀錄工作尋求更深層的意義與突破。

走過生命低谷，李阿明在漁港的暗處看見了光。與其說他的鏡頭關照的是漁工和漁港，不如說是他所修行的這個生猛又蒼涼的人生道場。

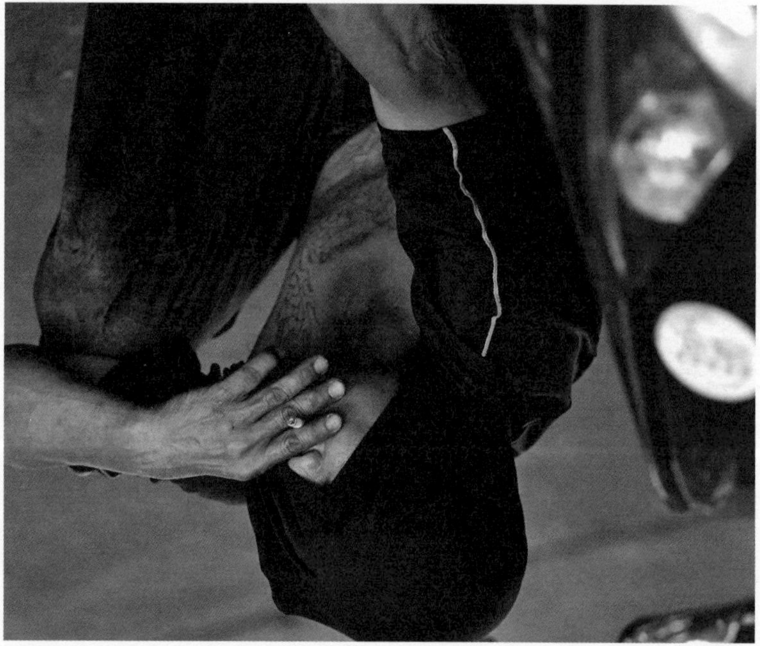

第一篇

這裡沒有神

白天，漁船卸魚整補興隆熱鬧，都會人偶爾蒞臨走馬看花的景點。
午夜，只剩下年輕氣盛的外籍漁工，和日暮西山的臺灣顧船老人。
底層中的底層，貪嗔痴慢疑瀰漫其間，一座生猛蒼涼的人性道場。

中年攝影黑手的奇幻之旅

煩！

老媽往生後，兩小孩相繼往臺北發展，我在完成當初返鄉的目的後，整個人像被榨空般，茫茫然不知何去何從，時間也多到不知如何運用。

重回職場？

年事已高，心性已懶，經濟上堪能勉強度日，就提不起勁來拚經濟。舊職相關領域，在這高雄藍領城市又極度匱乏，而進入新領域職場從頭來過，更是懶上加懶缺乏動力。

煩！煩！煩！煩！

但日子還是得過，即便混吃等死，也要有個方向廝混，以打發漫漫時光。

還在職場時，終日幻想退休後不再為五斗米折腰，重新做自己，不用委屈自己心智，賠上心理健康……如果，是說如果，摒除了現實諸多桎梏，我要如何如何……

人底，弔詭的就是這個「底」，盡頭在哪裡？對心性複雜的人來說，注定永遠無法滿足，即便美夢成真了，生命的空虛還是無法填充，直找下一個夢想，下一個罪受。

但夢想的可貴就在於無法成真，才能心心念念地帶給靡靡人生一點振奮的希望。

我，五十五歲「高」齡，老歸老，頹圮殘軀還算健康，尚不用人幫忙推輪椅。即使明知孤獨是老人的宿命，但整天還是像孤魂野鬼般飄飄蕩蕩，心裡不踏實不安定，偶爾還會興起「活著幹麼」的怪念頭。

「一寸光陰一寸金，寸金難買寸光陰」，只成立於胸懷大志的成功人士，我這種一窮二白的歐吉桑，早就無翻身機會，就某層面來說，光陰恰恰等同於「等死」。

有次，到大醫院看小毛病時，脫口一句「活著無趣」的肖話，嚇到正經八百的醫師直說要幫我轉診心理醫師。

哇哩咧！什麼跟什麼啊！我只是，太閒了啦！

做什麼好呢？

志工？我這種好事不常做，壞事又常做不好的臭俗辣，逢人遇事早就避之唯恐不及，唉，算了。窮極無聊下翻遍屋內，突然看到防潮箱裡的舊攝影器材，奇思異想浮現當年身掛兩桿槍，啊，更正，兩相機，縱橫街頭的「豐功偉業」。心裡也嘀咕了下，馬馬的，當時花在這些相機上的錢，已經可以付大安區兩到三坪的房價了。攝影誤人，莫甚於此。

不過，明明都二十幾年沒拿相機了。當年工作上幹死，呼叫器被狂扣猛扣，隨扣隨到像妓女般四處接客拍照，老來還要重操舊業?!老灰啊，麥憨啊！閒歸閒，沒事看看A片，打打手槍還卡實在。

一時手癢拿出來試用，幹，當年每天相處的「兄弟」，全都罷工！不死心換新電池，依舊罷工，連新買的底片也只能擱置一旁了。

煩啊！世界上還有比煩更煩的事嗎?!

雖然早早就興起買數位機身的念頭，但老人家阮囊羞澀的危機感再三作祟，壓抑了排山倒海的購買欲望，堪稱泯滅人性至極。但轉念一想，年頭不同了，機身錢花一花，應該就不會再有其他費用了，不像早年底片時代，相機外的費用更是大錢，只要買一部全幅相機，套用舊的鏡頭，勉強能用就好，不過是拿來讓自己有事情做做罷了……不斷地自我洗腦下，買了。但是意志薄弱的我，不僅全套換新，還連當年跑街頭的全部裝備都備齊了。棺材本一下子少了近半。

器材有了，然後呢？

人啊，活著就是在解決無窮無盡的問題。

我這個老人家早就跟不上攝影潮流，搞不來觀念和擺拍等攝影形式，年輕時連攝影棚都待不住了，更不要說是闡揚諸多生命課題、人類困境等等，高層次藝術攝影的觀念和創作了。

我只是個攝影「黑手」，雖可吹噓十八歲開始就拿相機，還靠相機養家活口，但慵懶成性，自認天分和能力有限，能在媒體打混多年已夠走運。至多當個街頭攝手，廟埕上譁譁眾取取寵，騙騙掌聲虛榮一下自我滿足，想混入藝術殿堂是痴心妄想。

好吧，單純打發時間，如同攝影團體裡的諸多歐吉桑，達到交友健身兼娛樂就夠本了。但我不愛日出夕陽花卉之類的題材，只喜歡拍「人」，那就來遊大街吧。相機一揹開始流落街頭，只是肖像權觀念的崛起，街頭攝影早已今非昔比。

逛啊逛地，閒置時間遠多過於按快門的次數，這一逛，又逛了一年多，直到逛來前鎮漁港，菸酒交互作用下，開展了林貝的快門奇幻之旅……

初始摸不清漁港狀況，揹著兩機兩鏡，港邊四處遊走隨拍，但這一身非專業行頭，卻引起被拍者的不快與漁港人的側目。不是贏得尊重和高興被攝影，而是「你是誰？」、「拍這幹什麼？」之類的質疑。

有個年輕人像吃了炸藥，氣急敗壞地騎著機車衝來，車都沒停妥就開罵：「幹！拍我的船幹什麼？」低聲下氣說明來意，他才稍稍和緩，離開時還嗆我：「嘜衝康，我找你找得到！」

這在當年早就訐譙回去：「公眾場合，不能拍喔？違法走私嗎？見不得人嗎？」

但現在老了，以和為貴：「拍謝！拍謝！」低頭鞠躬哈腰道歉後隨即閃人。唉！人老了，連吵架都嫌累。

又不是職場有非交稿不可的壓力，只是純粹來拍高興的，逛漁港就像逛公園，只圖個四處走走兼有事做做，身體健康心情愉快即可，沒必要和人衝突賠上情緒。

人百百款，當然，也有較和善的。

我的漁港近距離攝影，就是從這些人開始。

傍晚散工後，藍領工人都會喝幾杯小酒盤撋（交陪）。我叼根菸走向聚集喝酒的工人，借個火順勢分分菸建立交情。

這招，到哪都有效。

回敬的是一瓶海尼根，順勢坐下來跟著喝啤酒和練肖話，順便長長漁港知識。順口提到拍照被譙的事，才知船公司對相機非常敏感，那年輕人應該是「現場的」，一來怕公務部門找麻煩，二來怕綠色和平等民間組織照片亂拍文字亂寫。

果然，隔行如隔山，入了境隨不了俗被譙好像也應該。

我個性不愛占人便宜，有來有往人之常情，酒快沒時我先藉機尿遁，走了段路拎回二手啤酒。想當然耳，大方，到哪都受歡迎。

奇蹟來了。接下來，這艘船我愛怎麼拍就怎麼拍，包括上船拍外籍船員和臺灣技工都不會有人制止。

連混數天，也和臺灣技工連喝了幾天，粗略知道這些「師傅」工各自的工作性質，以及薪酬。師傅工是以日計酬，日薪大約二至三千元。這對我來說挺新鮮，在臺北時不是拿月薪，就是按件計酬，還沒領過以日計薪的。

而後來才知道一起喝酒的人裡，竟然有位是「現場的」，唯一領月薪的船公司正式職員，工作性質類似工地主任，監督船靠岸時的大小雜事，也是各個師傅努力親近的對象。船上還有所謂「顧船的」船工，日薪一千元，二十四小時全天候，吃喝拉撒睡都在船上，就近監看船上一動一靜隨時通報船公司。「顧船的」多是由六、七十歲的臺灣老人擔任，並身兼外籍漁工保母，所以外籍漁工都叫他「爸爸桑」。

初始就只是廝混，攝影反而其次。但還是老話一句，大方最受歡迎。雖沒刻意如此，只覺得該有來有往，共飲共食沒啥好計較，且都是小開銷也不是常常。三混四混，人面愈來愈廣，也從白天混到三更半夜。深知船公司討厭相機，照片拍得不多，大都和人一起喝酒打混套交情，偶爾才拿出來按幾張，相當低調。

因為語言關係，最快混熟的都是大陸人，陸陸續續才知這些人多是船上的幹部，大俥二俥大副二副……而處得最熟稔的就是爸爸桑Jeff，也因他的關係才打入漁港的臺灣人圈子。他帶著我周遊各船，到各船船上串「船」子，建立起和大陸人的網絡關係。

白天船公司的人在，船員不方便太明目張膽，我拍照也比較收斂，怕給熟人惹麻煩。傍晚收工後船公司人員撤離，就是眾夥的天下了。此時的我，仗著和陸幹和爸爸桑熟悉，上船拍起外籍漁工就更暢行無阻，加上我常主動遞菸遞啤酒，也和外籍漁工慢慢地親近起來。

NAVY

不甘墮落

「自甘墮落！」臺北下來作客的朋友酒後嗆我。

「自甘墮落？你才是！」我，回擊。

「我？」疑問。

「這裡還有誰？」眼神挑釁。

眾人訕笑，全漁港最挺我的爸爸桑阿壽偷偷踢我示意態度放軟。

「在這，我沒壓力，很快樂！你？」再回擊。

「不求長進誰都會沒壓力，誰都會很快樂！」諄諄告誡？「有人就有壓力，沒壓力不見得就快樂，你來這『長進』一個月看看？」飛龍在天，又是俯瞰，欺負我這蟲觀視野。

「離不開黑暗的天龍國，天天賠上心理健康，算不算？這攤算你的！」喝掛了，別來這吃王八蛋兼訓話。

「算啦！你繼續留在天龍國，做個安逸的抑鬱上班族，安享榮華富貴，有空再出出『國』來這洗洗肺，懷著優越感再來『吠腐』之言，才不會得肺癆。」我加重棒喝。

不歡而散……

一小時後 LINE 響起：「明明有能力，不思為社會盡點心力？」

我大笑後回他這基金達人：「所有人生譏笑，均為過去譏笑，不代表未來之譏笑表現，亦不保證人生之最低報仇……別太嚴謹，歡迎有空常來漁港練肖話。」

開始「顧船的」

「阿壽」，我在漁港的貴人出現了。

起因是大陸人二俥「小王」，和同船臺灣人「大俥」有筆兩千美元的賭債借支糾紛，大俥推三阻四一再延遲，沒說不還但就是死賴活賴，還鬧到船公司處，船公司雖出了面，但也不積極處理。涉及金錢糾紛，永遠都最難處理的，不處理是最好的處理方式。何況這又牽涉到臺灣和大陸人的敏感身分，更是難上加難，於公司立場，反正都是個人行為，別鬧出暴力行為就好。

大家商討如何應對時，同樣是顧船的「阿壽」醉醺醺趕來，聽完小王和Jeff的話後，打了通電話。半小時後，「小虎」趕來，一看就是兄弟樣。

幾人模擬完大俥和公司處理的各種可能狀況後，主張先催促公司和大俥盡速處理，如相應不理再讓小虎出面。同時聲明，他個人純屬義務幫忙，絕對不拿任何好處。

哇！真是個怪咖，喬事情不撈點好處，強出啥頭啊？萬一過程出問題，公親變事主，他多少要擔點風險。

幾個人繼續喝酒，我拿起小相機又亂按一通，但刻意避開小虎。

江湖規矩，我懂！

小虎私下一直提醒他：「大哥，要小心，沒事別讓人亂拍照！」

還不到很熟悉的程度，但他仍豪氣萬千地說：「沒事啦，我信得過！」

初次見面，難免好奇問我做什麼的？

「現在無業，之前在印刷廠當臨時工，一晚九百元。」實情如此。

之前我媽知道我找不到工作，特別拜託當廠長的小姨丈，幫我弄到我原任職單位的一個晒版臨時工工作。

想想，人生還真有意思。在臺北工作時從未進入印刷廠，回高雄後才親身體驗報紙的印製過程，偶爾還被最低階的員工大吼小叫。

阿壽直說：「我不信！」

「拍什麼漁工？偶爾來走動走動就能深入？」相處兩個月愈來愈熟悉後，某次夜晚喝酒時，阿壽酒後開始嗆我。

我當然不置可否。

接著數日，只要一喝酒又常嗆我：「有種，來當顧船的。上船跟漁工睡，二十四小時長期相處，才能感同身受，才知道什麼叫漁工！」

船上什麼都沒有，「顧船的」比外籍漁工還不如，連張床都沒有，吃睡全在一張自己帶來的躺椅上，顧船整整二十四小時待遇才一千元，連喝酒都不夠。

曾經喝掛幾次因怕酒駕不得已才睡甲板上，簡直難以入眠。先是吵，外籍漁工年輕力壯徹夜喝酒沒在怕；接著是熱，白天曝曬整日後，晚上雖海風輕拂，仍是暑熱難當，但睡到半夜竟然又變得寒冷，還得蓋條薄被。有次更絕，才剛入睡就聽到外籍漁工大呼小叫，原來下起大雨來了，一群人抱著寢具慌亂躲雨。

這些都是其次，更難以忍受的是甲板上髒得要死，老鼠蟑螂橫行，卻只能隨便鋪個烏漆抹黑的墊子就睡。我有免疫系統的家族病史，皮膚本就不好，一被叮咬常數天搔癢難以痊癒。

我承認膽小怕事又淺眠，來這裡真的只是打發時間兼藉機拍照，沒必要受這種折磨，饒了我吧！

接下來幾天的喝酒場合，眾家兄弟又開始激我，「怕熱就別進廚房」。除了嚥不下你們可以顧船，我就不行的這口氣，也考慮到顧船的和船員日夜相處，各種狀況都可能拍到，碰到好的快門機會鐵定較多，都來了，體驗下不同的生活也挺有意思的。

意志開始動搖，剛好又有船進港，預計可顧船二十天左

右，就試看看好了。

阿壽這兄弟很窩心，知道我可能不習慣船上生活，特別挑了艘駕駛艙不上鎖的船，且比較乾淨，船員也不會進去，夜晚我可以安穩地睡大頭覺。

駕駛艙被列為軍事重地，貴重儀器和船長室都在此，靠岸時怕船員偷竊，除了禁止船員進入，通常也都會上鎖，鑰匙也會交給幹部保管，就算白天工作時打開，也規定船員不能隨意進出。

船入港靠岸，我走馬上任臨時工，入境隨俗做一行像一行，人在江湖身不由己，心裡早就拋棄過往，做好最最基層的「藍領勞工」心理建設。

我出身藍領家庭，父母都是文盲，從小浸淫在藍領氛圍中，我連名字都有個「阿」字，所以我應該可以適應得很好。

雖是這麼說，「顧船的」最重要的工作，是要懂得「扮仙」，就是要演給船公司的人看。同行則是調侃說：「顧船？是顧頭家啦！船又不會被偷開走。」

事實上，勞資雙方心照不宣，有不成文的默許。要二十四小時都待在船上，根本不可能。沒有一個臺灣漁工會像外籍漁工一樣，排隊洗澡，吃千篇一律的便當，衣服隨便晒，因為他們不像外籍漁工一樣，在臺無親無故沒地方回去，不用去處理私事。

代表船公司的「現場的」，和日夜待在船上的「顧船的」，經常上演貓捉老鼠，只要別太過分出了事沒通報，或船上貴重物品被偷竊，大致上相安無事。而顧船的也會自成聯盟，偷溜時都會交代一聲，互相掩護防「現場的」查堂。這些「專業知識」，我早就被教育得相當成功，又有阿壽等一干爸爸桑老鳥罩，我這顧船的菜鳥，倒也適應得很好。

「和外籍漁工互動」這門課，因各船狀況不同，很難一體適用。有大陸籍幹部在的船，因同文同種多少都會「挺」一下，也較容易進入狀況，了解船公司巡船的習性，高風險時段乖乖露臉「被看到」就好。但偏偏我顧的船，船上完全沒有大陸人，這下可好，我是唯一的異族，加上語言不通，只有少數人能通英語，互動就已是門大學問，遑論互通訊息和掩護。

第一晚，船員難得靠岸，大都外出爽快去了。即便菜鳥，有同鄉老鳥帶著，也不怕落單沒去處。被阿壽等拉去吃完飯，繼續窩在打烊後的店前喝酒，也是阿壽透過「素珠自助餐」老闆娘介紹我來顧船的。

畢竟是菜鳥，心中不免惦記著船上「安危」，於是中途離席回船上逛逛，求個心安。

全船像艘死船，無半點人跡。不會吧，全船四、五十個人全不見蹤影！

按亮手電筒，上下甲板巡視，還真完全無人，萬一貴重物品被偷怎辦？

突然看到甲板另一頭有個人影，趨前看看，是一個塊頭很大的東南亞船員。

他的眼神透露出不友善。我指指自己：「爸爸桑！爸爸桑！」

外籍漁工不知道什麼是「顧船的」，但「爸爸桑」，不論是外籍漁工或是臺灣漁工都知道代表什麼。

他一臉不信任，還是拿我當賊。

喝酒的人通常聞不出別人喝過酒，但我聞到他身上濃濃的酒味，看來他肯定喝得比我還凶。

好吧，船上有人就好，跟一個醉酒的人是解釋不清的。於是，我又回到自助餐店前的酒攤，菜鳥的我自然不免被群起促狹嘲笑一番，同時他們也斷定那外籍漁工一定是菜鳥，才會搞不清爸爸桑的位高權重。

回船上後，不知喝多還是環境陌生，在躺椅上輾轉反側難以入眠。

海港空曠駕駛艙又高，清晨不到五點就已滿艙陽光，反正睡不著就起身走走，君臨天下巡視下疆域。

真是壯觀！船頭甲板上躺滿橫七豎八的外籍漁工，伴隨吃食後的各式垃圾和酒瓶。臺灣啤酒瓶我識得，倒是一些從沒看過的威士忌酒瓶吸引了我目光。拿起細看，都是名不見經傳見所未見的臺灣品牌，想也知不是什麼好酒，一瓶六百CC兩百元，猜想應是食用酒精加威士忌香料。但這在日後也成為我在船上當陪酒男的盤擱（交陪）酒，以及給外籍漁工的公關酒。

印菲外籍漁工的薪資菲薄又大都寄回故鄉，他們自己能用的錢極其有限，只有幾百美金的零用金和分紅，靠岸時零花用用，較省的船員，甚至連這些也馬上匯回家。

我顧的船的外籍漁工為印菲兩國籍船員，印尼人多於菲律賓人，主因是較便宜，印尼人月薪三百美元，兩三年前據說才一百五十美元，今年受到國際壓力上調為四百五十美元。如此劇烈加薪又同船工作，讓先前簽了約還未滿的同國老鳥非常不滿，常常跟我抱怨。

不過，我也很怨啊，爸爸桑這職位因為沒有國際組織幫忙申訴，也數十年都沒調過薪！

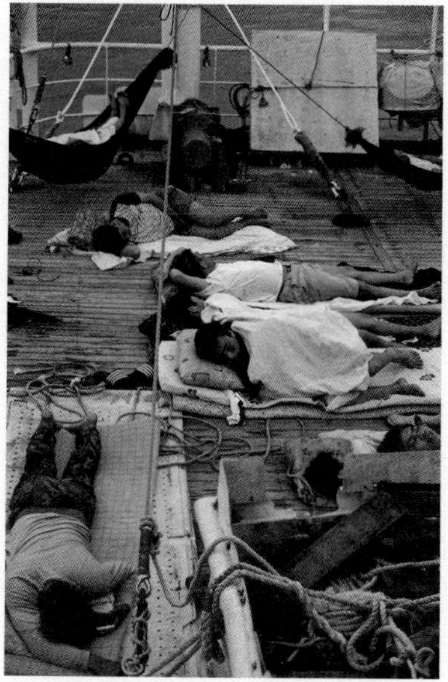

船上緣分

獨居＋老＋無子嗣＋窮＋身體差，五種狀況集一身，注定等死？

如同社會各個角落，漁港不缺這類人。

可憐之人必有可惡之處？

不知！

都是孤單老人，偶爾的吃食菸酒相濡以沫，都還能接受。無關施與受，絕無利害關係，就只是偶遇共桌，常連阿貓阿狗等渾號都叫不出來。

不過，就是有些人軟土深掘，仗著幾分「熟」，就經常要菸要酒。

這種人，到處都有。

笑笑！於我，外籍漁工和臺灣人都一樣，我能做的就做，不是口袋深，就只是視為「緣分」。

這年頭，「緣分」通常是搪塞之詞，有時卻要價不斐。在這，行情價一瓶保力達B，施受兩方皆宜，短暫交歡罷了。情緒如兩面刃，小小花費眾人皆滿足，何樂不為？

外籍漁工，年輕，工作環境惡劣；肯拚，回鄉就有機會。普吉島接觸的印尼仲介商，就會是漁工。

爸爸桑？也很拚。

拚酒！

不拚人生，拚等死？

漁工職場生態

船上外籍漁工間的階級，顯現在些微細節上。

啟航前，菲籍二俥當著同鄉面，驕傲地吃著大俥給的食物——大俥老婆體恤男人海上拚鬥，精心烹調的補品。大俥小氣歸小氣，長期混跡海上，深知攏絡人心的必要。尤其車間事關全船動力和凍力，從海裡撈上甲板的漁獲戰果，其保存全靠這兩力，稍有閃失甚至可能影響到市場魚價。有一年，就發生兩艘大陸運搬船一沉沒、一冷凍出問題，市場突然少了二十萬噸的魷魚量，造成魷魚價格大幅上揚。

二俥直接對大俥負責，二俥肯聽話賣命，大俥也落得輕鬆。常聽陸籍二俥訐譙，臺灣大俥技術差又懶，全靠他賣命，領的薪水卻又低又沒分紅。船公司怎會不清楚？但至少是臺灣人，跑得了和尚跑不了廟，整體工作能完成怎樣都好。而外籍船員說跑就跑難以管理，上道點的按合約談妥的條件安分做事，麻煩點的常惹事生非還拿喬，外籍幹部就那麼少數幾個人，也不能說換就換，常造成公司營運上很大的困擾。所以，常可看到船公司管人的小開，在船靠岸後，就會招待陸籍幹部吃吃喝喝安定幹部人心。不論在哪種工作場域，帶人要帶到心，這是不變的道理。

陸籍幹部語言能通，工作待遇較能有所彈性，所以一直以來也都相安無事。但是近幾年隨著大陸經濟發展，在臺船上工作了十幾年的陸籍船員學到技能後，很多都回家鄉的漁船工作，而且薪資並不比臺船的差。也因此留下來的人力相對彌足珍貴，遇上較野性跋扈的陸籍船員也只能相忍為安。而東南亞外籍漁工技能較差，多從事低階勞力，替換容易，也比較沒有談判空間。就公司而言既然是「勞力」，著重的當然就是「力」，人只是工具，工具不順手就換，不怕沒有！

所有的勞資關係本就是以利潤產能為基準點，只是工作場域的鋼鐵比例不同罷了。在體制的層層架構下誰都是螺絲釘，別幻想當得了體制英雄，即便我這同為「臺灣人」的爸爸桑，也無力出頭伸張正義。高談職場正義的，大都不是金字塔頂端的成功人士，無法真正撼動存在已久的僵固體制。即便有成功人士喊喊正義或偶爾付諸行動，也可能只是情操美容，一種不傷筋動骨的糖衣包裝，一旦涉及自身利益往往就變了個樣。

為了能好好掌控全船動靜及管理，船上臺籍幹部會培養各自的「虎仔」，即心腹、小弟，通常是略通國語的外籍老漁工。虎仔除了將臺籍幹部下達的工作指令，翻譯給同鄉知道外，平時也享有一些特殊待遇，船上最直接的就是菸酒飲食，靠岸後也會塞點零用金。甚至信任感足夠，還會把駕駛艙和船長室的鑰匙交給虎仔，只要靠岸後船長不在，船長室內的冰箱和剩餘食物，所有看得到的東西，虎仔都可以任意使用。所以，常常可以看到虎仔和走得較近的同鄉，窩在船長室裡享受和其他外籍漁工稍稍不同的福利。雖然同在一條船，但同鄉交情還是有深淺。同鄉間的相濡以沫，部分是建立在物質的共享上，特別是公司的東西。

有次看到同船的菲律賓人，人手一罐可口可樂，推測船員又幹了臺籍幹部的東西。隔天，就聽到大俥在譙他的可樂被喝光光，譙歸譙也沒採取任何行動。在船上，個人物品要保管好，東西被順手牽羊很正常，曾有陸籍大副寢室裡的長褲被洗劫，還好「只有」損失了幾千元。

船靠岸後，船長尤其是阿美族人，家大都在臺東，所以通常會直接回家。靠港期間，白天大都只有「現場的」和較負責任的大俥監督，臺籍技工依各項技能分頭工作，為下趟出港修繕船上設備。

船上不比陸地，空間很有限，除了必需的車間油艙水櫃駕駛艙等等，空間規劃時首要考量的是極大化冷凍艙，因為事關漁獲裝載，捉了魚總要有地方冷凍儲藏。因而船員寢室、澡間和廚房等生活起居空間之擁擠，不難想像。每到夏天，尤其高雄酷熱難當，船公司又斤斤計較發電機油錢，寢室的悶熱沒有人能忍受得了，通風又避雨的甲板上艙外走道間，自然成為外籍漁工夏天時睡覺的首選，以廢棄漁網自製吊床，伴著海風入眠。

第二個熱門的睡覺位置，是駕駛艙外的短短狹長走道，但位置有限。後面的艙頂，大都會堆積作業時的鐵架和欄架，但外籍漁工還是有辦法找出空隙塞進他的床墊。

另一個可選擇的睡覺地點，是船首甲板。有的老船髒亂不堪，但船首甲板相對較乾淨，「床位」也較多。晚上那裡也是船員飲酒作樂的交誼聖地，喝掛的躺下一覺到天亮，不用擔心下船喝掛後，上船時行經船舷落海溺斃的風險。

各船新舊狀況不一，如果管理不善，船員也不愛乾淨，甲板上就跟垃圾場沒什麼兩樣。吃剩的便當飯菜酸味四溢，特別是下雨後味道更重，還能看到肥美的蛆蟲在甲板上奮力蠕動。陸上的衛生標準在海上並不適用。

不少船齡超過二、三十年的老船仍舊在運作，堪用的設備將就用，只要不影響作業不修也無所謂，因為跑一趟船的「成本」也是要估算的。每趟的修繕費用，事關臺籍船長、大俥、大副等的分紅，就有大俥笑談時說：「船能跑就跑，再修下去白飯都變清粥了。」

幹部大都有獨立寢室，設備也不同，有的甚至電視、冰箱、獨立冷氣機等一應俱全，自成一個小天地。船長室位於「二樓」駕駛艙後方，猶如小套房設備更齊全。較大的船型還會設有客廳、卡拉ＯＫ、麻將桌等娛樂設備，也有獨立的通道和鐵門。聽過臺籍大副虧船長：「幹！同船不同命！你躲在裡面很安全，萬一起衝突，第一個被扔下海的一定是我。」

大副管甲板上、管人、管魚，處理撈捕和漁獲整理，技術性低，人數眾多，又有入冷凍庫的時間壓力，豐收時壓力就大，也常犧牲船員的睡眠，這段時間就會有衝突的風險。大俥職掌船體的動力、冷凍和電力，技術性高，人數較少，機器不出問題，大致上沒啥事做。

同樣是基層船員，寢間大小無法改變，但還是存在特權，就看幹部賞不賞賜。看過一車間寢室就有舊冰箱、電鍋，時不時自己烹煮加菜。冰箱最不缺的就是啤酒，來自大俥給的福利。我偶爾會溜進去找啤酒喝，外籍漁工知道我個性不占人便宜，有借有還，冰箱的啤酒不夠了我也會補給，所以並不介意我拿冰箱裡的啤酒喝。

對以海為家、魚群為伴的漁工們而言，這些小小特權已是恩賜的幸福。

事實與偏見

很多人只看見事情表象，就訴諸豐富的感情，還能侃侃而談，抒發己見。外界看漁工問題，普遍隨著媒體起舞，造成船公司極力排斥外界介入，對漁工較無實際幫助。

立場、利益，先入為主的潛意識，再加上各自的成長背景、思想，讓事實有了更多的想像。

但是，即便有圖為證，照片上的事實，也不見得就是事實。

初解嚴時街頭運動興盛，警民衝突後，法院依警方蒐證照片起訴「滋事」者（當中不少是中南部的質樸老農）。庭訊時，警方無法具體說出拍照現場，只能吐實是透過熟識的攝影記者提供照片。

接下來，抗爭現場激烈的民眾主動分工合作，部分人刻意阻擋攝影記者鏡頭。攝影記者窮則變變則通，把相機掛胸前以廣角鏡盲拍，結果仍有群眾被按報紙登出的照片起訴。

於是，現場抗爭民眾技術再進化，以人牆隔開，完全不讓攝記站到前方。

最後，攝記只能隨著霹靂小組衝出去捉人時趁機攝影，各媒體的頭版畫面全是警方強力驅離抗爭民眾的暴力畫面。在輿論壓力下，警方也開始任務指派，讓部分警員阻擋拍攝。

雖是陳年往事，但我想說的是，如果自己並沒有置身其中，親身經歷，你永遠都不可能看見事情的全貌，看到的多是片刻且部分的現實。

外籍漁工的工作環境不佳是事實，但本籍漁工也同樣工作環境惡劣，卻鮮少被人看見，只因為他們是臺灣人，被視為壓榨人的一方。這些臺籍幹部，也是一航次一約，隨時處在一句：「下趟不用來了。」而船公司？幾趟漁獲不佳，高槓桿的貸款壓力，隨時都可能漁船易主。

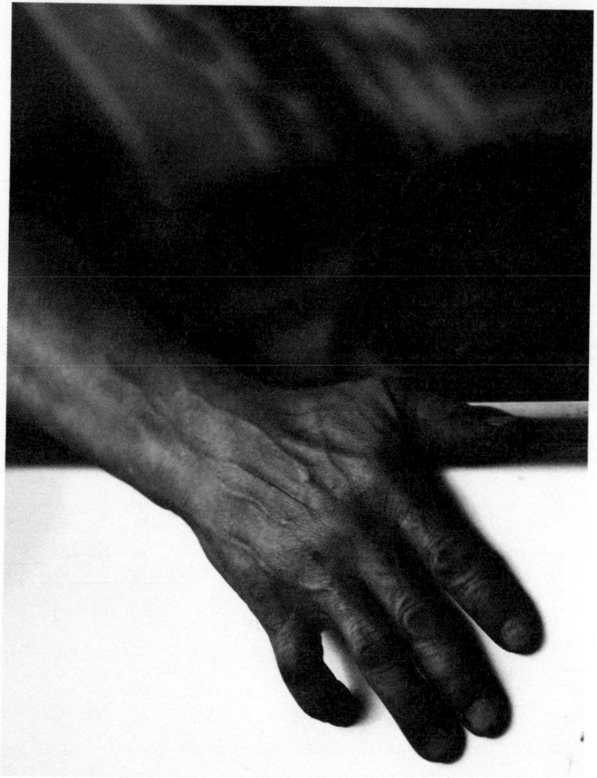

任人使喚

勞工，特別是外籍漁工
管理階層要的，就可能是
頸部以下的勞動力

頸部以上雖朝夕相處
通常為一張張模糊的臉
連個名字都叫不出來
就只希望他們是
一具具人形生產工具
一顆顆單純容易使喚的頭腦

吃食學問大

同舟共濟！

剛開始，我就是抱持著這種想法。都是辛苦人，都在同一艘船上，大部分的年輕漁工，跟我小孩的年紀相仿。年輕人肯為生活奔波值得鼓勵，我這歐吉桑能幫的忙盡量幫，有什麼好計較？

錯！凡事可得斤斤計較才行。

顧船第二天，就來了難題。

傍晚時，便當剛上船，有個臺灣大哥當著我的面，抄起一個，大剌剌地吃了起來。

哇咧！這是什麼情況？

「不好意思，這是船員的便當。」我委婉地說。船上還有師傅在施工，猜他是其中一個。

「吃不完啦，還不是全丟入海？」口氣還比我大聲。

記起阿壽的諄諄告誡「別跟人起衝突」，記下臉孔呈報公司處理。

隔天趁「現場的」在，我反應問題。恰巧吃便當的師傅經過，可能知道我在告狀，神情極其詭異。

「幹！師傅工拿薪水的，去搶人家便當，是不是人啊！」現場的也訐譙起來。

好死不死，印尼帶頭的拉著新來的船員跑來，指指他，說缺兩個便當。

剛好作證不是我說謊。便當小事，吃人的理應嘴軟，還理直氣壯，這點林貝很不爽。我雖只是個位階最低的爸爸桑，無法為漁工強出頭，但民以食為天，工作都這麼辛苦了，吃飯時間沒得吃，再怎麼樣都說不過去。

現場的叫我去店補兩個回來，但店快打烊了沒有剩菜，最後只能是白飯加幾塊鴨肉。

「多少錢。」我掏出皮夾來要付錢。

老闆娘看了我一眼：「記公帳，跟船公司請。」

後來，還是發生便當不夠吃的情況。便當控管也是爸爸桑工作之一，經過一番追查，便當店沒少送，那麼問題是出在哪裡呢？

於是，暗中觀察了幾次。

原來，幾個菲律賓人竟然偷藏便當在寢室內。側面得知，有的是吃不夠，有的是想多吃主菜。

便當學問大。

當兵時的部隊演習，也曾有餐車被敵方扣留，最後演變成阿兵哥全武行幹架的情況。所以，這種民生問題必須要小心謹慎處理，否則光輿論群起撻伐的口水就足以淹死你。

船上外籍漁工就只有菲律賓和印尼兩國籍，通常被暗崁的便當一定是「敵方」的，絕不會幹走自己同鄉的便當，害自己人餓肚子。所以，我找來印菲各自的帶頭大哥，當面說清楚講明白，便當來時雙方各派代表按人數領便當，若有遺失，恕不負責。

我還曾經差點命喪在便當上。

並排停車，那沒什麼了不起，並排停船才叫做屌，且保證不會被開單和拖吊。

旺季時，漁港岸邊船位有限，船靠岸以卸魚和補給為優先，作業完要立刻移至後方騰出岸邊空位給後來的船隻。船與船間的水平距離隨著海浪波動忽遠忽近，跨船進出有簡易鋁梯的算幸運了，有的只靠「碰墊」（緩衝墊），踩上去還會晃動。碰墊就是一大塊保麗龍，靠繩索垂吊於兩船船舷之間，原先設計是防止船隻隨海浪位移時互相碰撞而損壞船體。

船隻間的水平距離還算事小，船身的高低落差才是進出的高難度挑戰。旺季時常會有六、七艘的船並停，即便船型相同也會因載重不同而形成高低落差，如再穿插噸位更大的運搬船，那船隻間的高度落差簡直像天險，常比一層樓還高，而且不時隨著水波晃動。

進出船隻簡直就像在挑戰當兵時的五百障礙賽，外籍漁工年輕力壯如履平地，臺灣人大都年紀偏大，體力、靈活度不如年輕漁工，上下船隻的辛苦可想而知。維修師傅上船多少都要帶工具和材料，進出本就不易，何況兩手還要拿東西。這時，就得仰賴外籍漁工幫忙。最慘的是年齡偏大的爸爸桑，有的連走路都有問題，上上下下船隻的辛苦更甚於其他人。

爸爸桑大多是六、七十歲的老人家，個人體能也落差極大，我在裡面算是年輕的了，有時看了於心不忍，也會幫幫其他爸爸桑的忙提提三餐之類的。午晚餐漁工會下船幫忙提上去，但清晨五點多的早餐到時，徹夜狂歡的漁工都還在睡覺，爸爸桑不下去拿，早餐不是會被外人偷走，就是被別船的外籍漁工「錯拿」吃了雙份。

部分餐飲店送餐人員的態度極其惡劣，有時送餐來爸爸桑還在熟睡中，晚點接起電話，一通話就被嗆：「你不在船上嗎？」有的還會仗著人面熟，直接告狀到船公司，誣告顧船的不在船上。

臺灣人的衝突，經常從早餐就開始。誰吃虧？想也知，爸爸桑是也。本就是人吃人的世界，位階決定一切，弱勢不被吃哪叫弱勢？

回到差點命喪便當的事件來。天蒙蒙亮的清晨，外籍漁工很難叫醒，提早餐便成為我的「工作」。認真一點的爸爸桑，大清早就下船看守早餐，防止被幹走，甚或自己提上船等船員醒來享用。有的爸爸桑則是原地守候，外籍漁工餓了自然就會下來拿，愛吃不吃隨便。嘴刁的爸爸桑還會抱怨三餐難吃，要求自助餐店製作「特別餐」，漁工別無選擇，沒錢時只能照吃。

提早餐既是我的工作之一，我也當作是在運動，一手提餐一手扶鋁梯分趟拿上船。有天剛好下雨，怕淋雨貪圖快速，便兩手提著早餐，經過船舷走簡易鋁梯時腳一滑，上身傾倒直往海面倒去，幸好上半身被繩索卡住，要不然早就直接落海莎喲哪拉了。

酒，漁港銷路最好的飲品之一，不分臺灣人或外籍漁工的最愛。外籍漁工喝掛睡路邊司空見慣，港外買醉喝掛坐計程回來，由同鄉扛上船的也常見。我還曾親眼目睹，警車、救護車午夜呼嘯而來地停在船邊，只因一名相當年輕的印尼外籍漁工酒後情緒爆發，死都不肯回船上地大吵大鬧，該船的爸爸桑無法制服，通報警察來處理。問了原因，原來是菜鳥船員酒後思鄉心切，一發不可收拾鬧情緒，經過同鄉再三安撫後扛回船上才落幕。

酒，短暫而廉價的麻醉劑，依口袋深度，喝好酒或壞酒，喝多或喝少。麻醉了肉身，更麻醉了當下的鬱悶。

爛醉

清晨
岸邊
共舞
還好不是 Lars von trier
在黑暗中漫舞

白天溽暑高勞力工作，年輕人體力旺盛，徹夜痛飲至清晨。要求不多，一壺摻水的廉價威士忌，足夠群歡一整夜。醉了，船邊即是臥榻。

清晨時，遇見顧船的臺灣老人，遞上一杯代表友情。再來一段群舞兼空翻迎賓。

年輕，真好！

吃苦當作吃補，不改樂天本性。

問候語

我的英文極差，但漁港的菲律賓人同樣也好不到哪裡去。即使英文是菲律賓的官方語言，但很多菲律賓籍漁工因沒受過教育，不僅不會說英文，甚至連自己的官方語言可能也說不好，因為他們多半來自菲律賓離島中的離島。

那臺灣籍顧船的又如何呢？基本上都識字，會說國語啦！語言不通，造就了漁港自成一格的打招呼方式。

「幹你娘！」字正腔圓，以為是臺灣人在罵人，回頭一看，是菲律賓籍漁工正熱情地在跟你打招呼。因為被臺灣幹部訐譙慣了，就變成了和熟悉的臺灣人打招呼的熱情方式之一。

「雞巴毛！」也字正腔圓，那艘船肯定有大陸幹部。都是因為被罵習慣了，聽熟了，就轉換成熟人間不帶絲毫惡意的親切問候語。

在這裡，鄙言穢語一如飲食的粗茶淡飯，再正常不過，純粹就像是你好啊、吃飽了嗎，如此而已。臺灣人自己一見面，口吐國罵問候也算正常。

除了三字經問候，另種溝通方式是肢體語言。

比中指可說是全球通用，誰都會比，也都懂，老套！

新套，也可說是腥套，偷摸下體打招呼，你遇過嗎？

藍領勞工，言談舉止帶點性器官語彙，中外皆然。但摸下體問候兼互相取樂，這就有點過度了。我至今仍出不了手，也不習慣這種問候模式。

上面兩種是跟熟人打招呼的問候語，更進一步視你為兄弟時，會直接掏出下體來跟你打招呼。

這沒什麼好大驚小怪的，相信當過兵的男人應該多少都有過類似經驗，有些人就是以屌為傲，常玩「比大小」老哏，甚至還有人以在那個部位入珠為豪。

外籍漁工喝到發酒瘋時，掏鳥示威還算正常，有人的老二更直接站了起來，還洋洋得意地掏出展示。一群人嬉鬧瞎起鬨也就算了，外籍漁工因已熟悉我的相機，還要我拍下。全寢室大頭小頭齊聚，玩瘋了，嫌小頭不夠壯觀，大頭不夠帥，要我再來一張！

每次出港前夕，我會將拍攝的影像燒成DVD送給他們，部分船員愛死了，這是他們枯燥無奇船員生活的快樂之一。後來有些外籍漁工會主動指定地點和角度，以及正經八百的姿勢，說是要拿去相親，不滿意的還會要求重拍。數位化相機不須擔心底片夠不夠，動動食指做做公關，調劑外籍漁工的生活，也成就我的影像癮。

無從消除的階級

位階，永遠存在，有形或無形。

一個最低階的糟老頭，整天住在船上，連基本的寢室都沒有，全部家當就只是躺椅，吃睡都在上面。

一群漂洋過海的年輕人，離鄉背井上船做著高勞力工作，懷著辛苦幾年好改善家鄉生活的夢想，賭個翻身機會，祈望能夠衣錦榮歸。

不同的族群，不同的膚色面孔，不通的語言，更有明顯的人身標籤。

相同點：日子過得都很辛苦。

相異點：對於未來，外籍漁工，滿懷希望；顧船的，日暮西山，就只是「等死」。

我？異類？別談關懷弱勢，這讓我倒足胃口，僅僅是好事不會做，壞事又做不好，除了拿著一架小相機，四處動動食指的剝削者。

剝削？相機，不就是我剝削的工具？

攝與被攝，位階必然存在。數位化後年頭，只要能成像的都是相機，手機亦同，按下快門你也是剝削者之一。

在他們離港後，我會將照片匯整為DVD贈與他們留念，這或許是另一種形式的贖罪吧。

攝影，位階；位階，攝影。

異族，當地；當地，異族。

經濟強弱 vs. 地位高低？

選擇與被選擇，有些人選項真的極少極少，且不被尊重。窮，只能逆來順受，咬咬牙拚一拚，終有翻轉一日。

歧視，特別是出身國的標籤？

我，和臺灣人喝酒，愈喝愈少，愈喝愈沉默……

生存

面臨匱乏，竭盡所能地求生存，是生物本能。相異的地域，不同的時間點，各有各的生活方式，能力不同，謀生形式亦不同。

有強就有弱，強弱為生態平衡的一環，天地萬物流動乃正常，強凌弱和弱凌更弱本質亦同，或為生存，或為物種劣性。凌駕之餘，還能保有理解與尊重？人，可能嗎？

人類社會由強弱共構，一如大自然的生態鏈，但人種或許是大自然中最不自然的物種。

要說完全沒有階級觀念和意識形態，著實強人所難，多少都有，但非必要也不應該主導一切。

顧船的日常

顧船的，類似大樓管理員，差別只在於顧的是漁船。二十四小時吃住在船上，從漁港靠岸到離港。不對外招聘，多是熟人介紹。毋須身分證，無勞健保例假休，日薪一千元，顧一天算一天，「原則上」船出港後隔兩三天領現金。

原則上？曾有某個顧船的去公司領顧船費時，樓下「巧」遇船公司小老闆。小老闆告訴他會計不在，他可以幫忙代領再拿去給他。

結果這一代領，拖了兩三個月都沒拿到，因為這筆錢早已成為好賭小開的賭資了。連這種辛苦錢都要挪用，會不會太狠了？

這位顧船仁兄情商高。雖不時打電話給小老闆要錢，卻總是拿不到錢，小老闆一而再，再而三地黃牛。顧船仁兄這麼說：「漁港就這麼小，人情留一線，日後好相看。就先借他用用，反正跑不掉。以後我顧船時有事偷溜，他也別囉嗦我。」原來還可以用這招制敵，不愧經驗老到的顧船的。雖說如此，會到漁港顧船做爸爸桑，經濟上也不會太寬裕，這位顧船仁兄當下就向我借錢周轉，我掏了一千元給他應急。

說到錢，漁港人際交往，最好不要有金錢上的往來，雖說現實，但很多時候不得不拒絕。不然就要做好心理準備，可能有借無還，一去不回，不論是臺灣人或外籍漁工都一樣。而且借了錢往往都是買酒去，所以我最多也只能借出五百一千的，就當是買人情債保險吧。

顧船的大都教育水準低，個性直率，且不時口出穢言。也有更生人，通常不離江湖氣，酒後囂張起來很煩人。會到漁港賺這微薄小錢，大抵上生活都不甚如意且無去處，要不就是閒著也閒著加減做，或曾從事相關行業習慣了船上生活。

同溫層更易和平相處，相濡以沫？

沒那麼單純。有人就有是非，有是非就有恩怨、派系和勾心鬥角……不亞於白領職場，更甚的是開幹起來通常轟動整個漁港，也絕不會為對方留下任何情面。

但這些爸爸桑也多是性情中人，脾氣來得快去得也快，再多的臭訐六譙大小聲，不消多久又聚在一起喝到茫。只有我這個菜鳥顧船的當真，買酒遞菸調停居中當和事佬……

顧船的，顧名思義顧就是顧整艘船的。當漁船靠岸修整，就是顧船的上工的時候了，隨時向船公司通風報訊漁船、漁工的任何狀況，像是船員鬧事、發生死傷、盜賣漁獲、竊盜和失火等等。白天因為有船公司的人在，比較不會發生上述的情況，即使有事「現場的」也會馬上處理。但到了夜晚，船公司人員不在了，白天不會發生的事這時開始紛紛出籠。

「現場的」猶如工地主任，督促與調度人員、出魚、修繕和補給諸多雜事。畢竟代表公司監督，職稱小權力大隨時可換人，他在現場時，大至船長、師傅，小至顧船的等臺灣人，包括外籍漁工，都會安分守己克盡職守。傍晚收工後臺灣人撤走，顧船的成為船上唯一的臺灣人。

權力大不大？唯一的地頭蛇，還負有舉報權力，再怎麼樣也是晚上的一條龍。

顧船的號稱 7-11，全日無休，吃喝拉撒睡都在船上，使命就是一有狀況立即反應。曾有菜鳥顧船的過於盡忠職守，發現外籍漁工拎著一袋破銅爛鐵要到外面賣時，馬上報警處理，並打電話給已下班的現場的趕回來處理。

但這樣過於盡職，卻引來其他爸爸桑的不滿。老鳥都知道，大至船長、大俥等臺幹搬魚，小至外籍漁工賣點小東西，只要別太誇張整車整車地搬，顧船的通常會睜一隻眼閉一隻眼，息事寧人。

潛規則：有事裝作沒事就無事，出事上頭知道了，大家都有事。

但搬魚也要看情況，臺幹清空自己的高級雙B後車廂來搬時，外籍漁工鼎力玉成搬上車，只要船老闆不在都OK！現場的和爸爸桑都很上道，會知趣避開裝作沒看見，不讓自己陷入職守和人情衝突的兩難處境。事實上，船公司也並非完全不知情，漁船高幹拿點魚餽贈親朋好友，就當作是給點小福利，只要別動用貨車來搬就好。

但也有特殊例外的情況，若有航次剛好遇上魚價市場超好時，船公司就會把大艙裡的每箱魚都編號，就算想放水也沒辦法動手腳。

這些都還算是好解決的情況，遇到趁夜晚非作業時間來搬漁獲的小老闆，這才是顧船的難題。小老闆不僅揪人來整車搬，百公尺外還有輛BMW轎車戒備，車上一群少年仔持械圍勢，怕不長眼的顧船的閒雜人等上來「亂」。

臺幹、小老闆搬漁獲，外籍漁工則是會搬忘了上鎖艙房裡兒子幹老爸的財產，該不該通風報信呢？很為難，最後選擇遠遠地避開。

這些保力達B讓印尼漁工拿來當酒喝到嗨，由於印尼漁工東西。一次，印尼漁工竟然有整箱的保力達B可以喝，想也知來路不明。忠於職守的我查了下各艙房，該鎖的都有鎖且沒破壞痕跡，所以不是我船上的東西。

跟菲律賓漁工工作之餘涇渭分明，菲律賓漁工大都安分守己，所以不會自動趨前拉關係套交情討酒喝。我看在眼裡，開口要了一瓶偷偷塞給較有互動的菲律賓漁工一起同樂。

隔天漁港消息傳開，某船大俥忘了鎖艙房，四十幾箱保力達B全被搬空。一年後，我和同船大俥聊起這件趣事，他勃然大怒訐譙，原來苦主就是他。

「幹你娘！……」晚上打烊後的自助餐店，一時間乒乒乓乓桌椅倒滿地，熟悉的臺語訐譙響起，還好不是外籍漁工打架，不然警車又要呼嘯火速趕來。在漁港，外籍漁工械鬥滋事

上了媒體是頭等大事，也是警方和船公司最頭痛的事。這次則是顧船的爸爸桑在吵架。

對街超商前的外籍漁工全看了過來，計程車司機們一臉訕笑。兩個加起來超過一百歲的爸爸桑，為了誰少喝、誰多喝幾口保力達B槓了起來。本來我有點緊張地想勸合，另兩個看慣這場面的爸爸桑眨眨眼拉開我，順便把啤酒帶走，坐在五公尺外「看戲」。

想當然耳，君子動口不動手，面子問題輸人不輸陣，漁港各式生猛問候語傾巢而出。當下罵贏的是英雄，其他的隔天酒醒了再說。

「幹！說話不算話！你是人嗎？」另一個戰場。禍起蕭牆，因顧的船期喬不攏而互嗆。

因為各種原因漁船靠岸的時間長短不一，而漁船停港日數關係到薪水可領到多少，因此顧船的對於能顧幾天船也會斤斤計較。通常漁船一年才靠港兩次共約四十幾天，如果一艘船因機器故障或違規禁港等，必須停泊一個月以上，都是「爸爸桑」眼中的肥肉，顧到賺到，無不各顯神通極力爭取，盡力地喬。吵一吵鬧一鬧，即便搶不到，至少有酒攤可喝，有兄弟可鬥陣。大夥都在「海」港求生存，「明」天就又「威」風凜凜了。

顧船的另一種日常——

「這艘顧船的不在？」現場的來查堂，問另一艘顧船的。「沒看到。」有夠歹心，明明才剛離開，我又不好插嘴。

有緣泊船相鄰時，大家多半會做個好厝邊，有私事需要處理時，互相照應掩護人之常情，這類抓耙子的少之又少。

正常的制式回應是：「剛離開，應該是去洗澡。」

現場的問完一離開，爸爸桑大都會馬上電話通知該人到場，防止現場的查完別艘，又回頭巡來。爸爸桑都會互留電話，萬一有事互相通報，船上沒水沒電，不讓人外出洗澡說不過去，洗澡、吃飯和買東西，是顧船的最常用來當偷溜被逮時的藉口，也是現場的能接受的理由。

船上空間有限，要給幹部私人寢室，還要給船員棲身之處，顧船的自然就什麼都沒有。只有靠自己搬上船的一張躺椅，偌大的船都是寢室，躺椅愛放哪就睡哪，簡直像在露營，只差沒帳篷沒墊席罷了。

這躺椅還不能太新，外籍漁工「物權」觀念薄弱，船上的就是大家的。躺椅一攤平，爸爸桑不在其位，外籍漁工立刻就坐了上來，甚至還鳩占鵲巢，賴在上面睡覺不起來。就有爸爸桑受不了，一離開躺椅立即收合上鎖，誰也別想坐。我常一年損失一張躺椅，船出港時也懶得搬下船了，下次返航時連「椅屍」都看不到。

初上船時我曾幻想過，沒水沒電沒寢室？那還不簡單，全套露營設備搬上船，也有車用電池當電源，更有直流電電風扇，睡船上肯定比起荒郊野外露營強多了。但現實與想像永遠存在落差。露營設備搬上船來，不怕風雨蚊蟲木虱等確實一夜好眠，但更保證用不了幾天露營設備就會屍骨無存。

顧船的工作看似簡單，其實一點也不簡單。有事報公司，沒事待船上，有些船公司怕顧船的太閒，也會規定工作事項，例如打掃船艙清潔，甚至要管理外籍漁工將沒吃完的便當剩菜倒進海裡，便當盒疊好減少垃圾空間，做好垃圾分類。善良一點的外籍漁工還和你虛應幾招，皮一點的外籍漁工看你年紀大好欺負，理都不想理你，根本叫不動。就有顧船的因為垃圾「處理失當」，而被船公司解職，要他回家「好好過日子」，不用來了。

人命在幾間

去了趟普吉島非法顧船回來後重逛漁港，得知認識的「顧船的」往生了。

之前他在租屋處跌倒，室友發現送醫後插管維生一陣子，經家屬同意拔管結束一生。

為打發漫長的顧船時間，「顧船的」常會聚在一起閒聊，「年輕時不會想……」是他常掛在嘴上的一句話。他曾經是漁船大俥，景氣好時每航次可分個數百萬元。但寂寞是討海人的宿命，用錢建立的關係永遠只是一時，結果就是被大陸女人掏光，家人也不和他往來。如今七十幾歲了，連走路都不方便，還被船公司嫌，怕有萬一不讓他顧船。

在這，五光十色的人生百態純屬自然，特別是「落魄」的老年人，不少人皆曾風光過。如果夠熟識，三兩杯黃湯下肚後，形形色色的淪落史不斷傾吐，絕對符合人性的窺視欲。

燥熱的白日，寂靜的夜晚，沸沸騰騰的「血淚漁工」vs. 寂靜無聲的「血淚老人」。

戲碼，始終上演著……

顧船爸爸桑側寫

即使是次團體，也總是會有個性鮮明的角色，我勉為其難算是其一，常自嘲「三小咖」之一。不是能力多強，只是在這漁港裡稍稍算學歷高，年紀算「小」，未滿六十歲罷了。

「大方王」阿壽，三小咖中的最大咖。公務員退休，月退俸六萬，名下擁有大片田地。衣食無虞，卻也來顧船？沒錯，因為女人，也因為寂寞。

我們都叫他「空A」，只要一喝酒，醉前醉後兩模樣。

沒喝酒清醒時，溫文儒雅，人模人樣，不愧是大學畢業的高材生、前海關機動組高官。我常鬧他是「貪汙組組長」，他也不以為忤，常自嘲是落後年代的制度使然。因為早年機動組業務繁忙，交往複雜外快多，養成個性四海出手大方與人為善，人情世故面面俱到，處理黑白兩道手腕之高明，連我這混過媒體的都自嘆弗如。我這種固執不知變巧的脾氣，牛脾氣一來常莫名其妙得罪人不自知，受他諄諄教誨學會四字金言「不得不失」（不得罪人，不失禮）。

漁港裡的一些臺灣人和大陸人出狀況時，全靠他熱情出面擺平。他個性講理，不占人便宜，處理事情盡量公平，常常自己貼錢，偶爾還擔上責任。顧船的有他這號人物算是奇葩，各方面條件都不錯，來找他的朋友不乏教授、老闆之流，連他四哥也是某大名校的知名教授。

但一喝醉酒，完全變了個樣。我臺北的記者朋友來訪就曾被他嚇過。一次在素珠自助餐店酒聚，酒攤上七、八個人坐長桌，聊著聊著，「小虎」突然出現。我知道狀況不妙，把小虎拉到一旁了解一下，原來阿壽認為我朋友在跟他嗆聲，就把小虎叫了過來。我這朋友純粹是愛抬槓，個性使然完全沒惡意。

另一次，也是臺北舊識的攝影圈朋友下來高雄玩，到東港吃完羊肉爐，搭計程車返回漁港途中，原本在後座熟睡的他，突然醒來吆喝要司機停車。因為他醒來時看見窗外一片漆黑，以為司機搞鬼繞遠路，所以趨前拉住司機要動手修理。坐在前座的我趕緊拉住他的手，他真的喝太多，神志不清。

「別拉我，你讓我白白被人揍。」他大聲嚷嚷。

司機被盧得受不了，拉開車門尿遁，他老兄一定要司機將手機放在車上。「你不懂啦！江湖險惡，等下手機一打，一票司機圍過來。」他繼續朝我嚷嚷。

他愛狗出了名，自己家裡養了十幾條，有次開車外出遛狗，半途遇見我打招呼，狗頭全伸出車窗一直吠，場面真是壯觀。我笑他是「狗奴才」，為了狗也不敢出遠門，怕沒人餵食。「狗也是一條命」，他常這樣說。不信宗教，不吃牛肉，相信冥冥之中自有報應。朋友建議他在故鄉的田地養羊一定可以賺錢，他說他幹不來養大再殺來賺錢的勾當。漁港很多流浪狗，聽到他的機車聲就圍上前，等待他的餵食。每每漁工一發零用金有了錢就往岸上跑，這時便當往往會剩大半以上，他會收集來餵狗。漁工沒錢便當常嗑光時，他也會在家煮些飯和肉到漁港餵流浪狗。

明明自己因個性海派亂花錢，經常三餐不繼，月底連菸都買不起，看見路邊他常餵食的流浪狗被車撞傷，還是要跟我借錢帶狗去動物醫院。

有一次，也是喝了酒後回船上睡覺，途經並停的別艘船，看到船上的狗可憐，順手拿自己喝的水讓狗解渴。這船的越南籍大副也喝了酒，見狀竟衝上前抓起狗就往船舷用力扔去，狗痛得大叫一跛一跛離開。這下踩到阿壽的地雷，兩人為狗大聲咆哮怒目相向，差點大打出手，引來眾多外籍漁工圍觀。畢竟不是自己顧的船，不清楚狀況，好漢不吃眼前虧，先撤退再說。

這件事阿壽當然沒忘，江湖事江湖手段解決，隔天傍晚收工後，阿壽帶著小虎上船「討」公道。年輕力壯混江湖的小虎先動手，兩人聯手痛毆越南大副，嚇得他當眾跪在甲板上求饒。同船的外籍漁工卻都只是袖手旁觀，甚至還偷偷比比大拇指，可見大副多惹人厭。事後才知船上只有他一名越南籍，難怪其他印菲籍漁工在旁看好戲。原來，阿壽早就探聽過了。

因為這件事，越南籍大副鎮日鬱鬱寡歡，不僅氣焰不再，也變得沉默。始作俑者的阿壽看了於心不忍，常帶酒給他，我也幫忙扛了箱啤酒當和事佬。

後來越南籍大副換了船，剛好換到我顧的這艘船。因為之前阿壽的事，剛開始他不太想理我，一起喝過幾次酒後，知道我沒敵意，就開始大哥長大哥短的極盡善意。這正體現了阿壽所謂「不得不失」的真義。

照理說每個月六萬的月退俸應該是夠阿壽用的，但敗在女人身上，至今仍在背替女人出面喬債的錢，女人只給他借據卻裝傻不還，債主到後來把債全算在他身上。他常開玩笑，狠心一點拿手上的借據上法院求償，他就不必如此辛苦顧船還債了。

花錢無度，也是阿壽負債累累的原因之一。半年領一次月退俸時，左手來右手去，還拿信用卡借錢周轉。爸爸桑吃船上住船上，開銷不大，但他任職海關時的陋習不改，出手大方習慣了。酒醉後更大方，一有錢時常邀朋友或船員到小吃部狂歡，把口袋裡的現金全用光，常窮到連菸錢都沒有。

還沒那麼熟時，我常會塞個幾千元給他應急，結果總是隔天就一毛不剩，酒後連用在哪都記不得。後來我學聰明了，偶爾幫他付付酒錢和買菸給他，絕對不再直接把錢給他。

沒錢就做不了怪？錯！還是可以賒帳，漁港附近的小吃部全都有他的賒帳紀錄。沒錢也常和臺灣人和大陸人去喝酒唱歌快活，幾攤下來，一次被催討個六、七萬也不足為奇。

賺一千花三千，是他的生活寫照。獨居的老男人，除了寂寞還是寂寞常鬧他「找個卡正經女人當老伴」。漁港，悶歸悶，至少還和人有互動，和人接觸至少也能讓情緒有個出口。

大聲公Jeff，三小咖之二。嗓門奇大無比又粗聲，大陸人私底下都叫他「鴨子」。亦是高學歷爸爸桑，客家人，臺中七

期重劃區地主，有醫藥技檢師執照，在漁港附近和人合開過醫院，經營不善收起後，因緣際會跑來漁港顧船。是我在漁港時最先熟識的臺灣人，靠他的引渡，我才能周旋於各船之間，認識些臺灣和大陸人，也是因為他的牽線認識了阿壽。

引渡，或說結緣，說穿了其實就是跑酒攤。漁港人吃是其次，酒是必備，且是搏感情良方，夠大方常請客就受歡迎，三兩杯下肚你兄我弟，日子久了多少就建立起交情，或說酒肉交情。

酒家男特性，酒喝到某種程度，一個人的個性就顯露無遺。當各式三字經連續出籠，嗓門超大且再三強調「林貝尚大」時，就知道他喝得差不多了。這句話會讓他和同桌不熟的人起衝突，被狠狠揍了幾拳。

「爸爸桑公會理事長，你來了喔！請坐！請坐！」他彎腰鞠躬九十度拉開椅子，嘻嘻哈哈地鬧我，酒攤上諸人跟著起哄喊：「理事長！」

「您才是飲酒公會理事長！」我說。

Jeff很會使小聰明占便宜，吃喝玩樂大都阿壽出，甚至誇張到拉船員到阿壽家要他請客，偶爾才自己花點小錢裝大方，要不就要我和阿壽分攤酒資。

漁港這種貪小便宜的人超多，「不得不失」為原則，只要別太誇張大家也不會太計較。

他最廣為人知的事蹟，是有次喝太多酒醉走路不穩，不敢過並停數艘船的鋁梯，乾脆直接倒在路邊睡著，清晨才被人叫醒。這件事被自己船上的外籍漁工嘲笑許久，外籍漁工每見到他就指著岸邊地上，邊說「爸爸桑！嘿！嘿！嘿！」地嘲笑兼模仿。

其實外籍漁工被同鄉扛著上船，醉倒路邊也屬平常，醉酒溺斃也偶有所聞。漁港人的醉酒，無分國籍和族群，積蓄鬱悶在所難免，酒精成為宣洩出口。酒後一不爽，特別是外籍漁工，械鬥出人命，賭氣魄論英雄？

也有臺灣人長居漁港，一張躺椅一床棉被，漁市場內一住數年，有些爸爸桑會拿些船上剩下的便當給他果腹。

千噸漁船造價兩三億，隨海波浪億來億去承載，造就漁港人賴此為生，無波無浪的岸上，卻載不動一些人的漂泊宿命。

三小咖之一，當然少不了我，三小咖裡最最菜的小咖，全漁港爸爸桑倒數第二的少年郎。老李自顧（船）自誇為「白目咖」，特色為「好事不會做，壞事又做不好」的臭俗辣，據路透社臺灣支社馬路社消息，我被提名本年度諾貝爾顧船獎。

陪酒男的我，酒後的行為，被素珠自助餐老闆娘譽為「尚再A」（最穩），指喝酒後中規中矩。

但在漁港外，我喝完酒好像都被視為小丑。可能是漁港要求比較低，不然怎會有這麼大的落差？但出了漁港我能不喝就不喝，除了一把年紀盡量少喝，也厭惡交際應酬。

不過，我倒喜歡和船上外籍漁工一起喝酒，有什麼喝什麼。語言不通是非也少，誰也八卦不了誰，就算有八卦我也聽不懂，反正隔天醒來照樣各過各的生活。

落跑王「阿義」，也是個爸爸桑傳奇，成功大學畢業，四十幾歲最年輕的爸爸桑。會來漁港顧船，是因為經營電腦公司不善，欠國稅局稅走路，所得被列管，最後經由阿壽介紹委身於漁港顧船，實賺實拿不用報稅，被國稅局按月扣取三分之一的薪水。離婚再娶年輕大陸女孩，而且還生了個女嬰，經濟拮据可想而知。

我們常虧他，要顧好嫩妻，不然就跟著人跑了。雖是諧謔，但老夫少妻加上異國婚姻，漁港環境又特別複雜，且是懂國語的大陸人，特別容易出狀況。外配，拚命挖錢時有所聞，有小孩的婚姻情況稍好。漁港人所謂的「鬥陣的」（在一起的），其感情多建立在物質上，雙方都有自知之明，不會有結果，就只是段關係，床頭金盡也是 ending 時。

不菸不酒的他，酒攤聚會常點到為止，爸爸桑和大陸人吃喝時，他話少低頭猛吃，絕不出頭也不會買單，憑藉的是勤勞。機車載出載入那些「能給」的船幹，特別是掌管菜艙的廚師，頻繁地權充機車快遞，也仲介各式買賣，增加船員的外快收入，船員感恩之餘餽贈的物品，他再多也不拒絕，有時還會努力開口要。

轉賣，是他顧船的業外收入。他還兼做銀行ＡＴＭ軟體的維修。學理工的他，號稱超熟印尼養殖事業，詳列數字時極盡說服力，努力仲介陌生人到印尼養魚。生意頭腦也是一流，看到外籍漁工手機用量大，四處找人想架 Wi-Fi 臺，以較低價錢收費供船員用來賺取差價。類似能耐，爸爸桑裡獨一無二，要不是環境所逼，來此顧船簡直大材小用。

本能

清晨的運動場上，男男女女賣力地運動，心甘情願。

清晨的船上，外籍漁工也在賣力地勞動，為了生活。

就心態而言，同是動，被動與主動，大不相同。

就身體而言，都是運動，差別在於適不適量。

量？對！就是這個字。

資方需索的「量」vs. 自我掌控的「量」，大大不同。

量量量量量，很重要，多寫幾次提醒自己，可能下分鐘就忘了。

忘？肯定的，一如是，永遠是。

唯一的不忘，是存活的本能。

及時行樂

行船，海上討生活，瞬息萬變的海洋，生死常繫一線間，無論生財器具和人命，都是場賭博。

環境充滿太多變數，工作極度勞動，空間封閉如同海上監獄，造就討海人的海派和認命性格。賺得到，也要有命用得到，這類思維深烙海員心中。出趟海返航，可能就物非人非事事非了，時空距離再加上人性考驗，拚搏的結果可能轉眼化成空，再多的分紅都於事無補。

及時行樂，特別是靠岸期間，幾乎成為船員共識。人際關係的變幻，即便親如家人，有時似遠還近，關係更充滿不可知的變數。

漁港人常互相調侃，老公出海後，女人神明桌上供禮都拜紅柿棗子李子梨子，諧音「尪去做你來」（外面的男人儘管放心來），討客兄是也。

也曾聞，老婆雖不討客兄，但嗜賭。老公每航次分紅的數百萬，全都拿來替老婆還賭債。也有船幹部愛賭，靠岸短短一、二十天，分紅全輸光。更傳奇的，家大業大的船公司小開，出趟國賭博可以輸個以億為單位，淪落到虧空公款，從此老老闆嚴禁他碰任何的錢。

聽過船公司經理抱怨，說船長光衛星電話就打了十幾萬元，原來船長女兒離家出走找不到人，做父親的只能隔海了解狀況。

別看出航時，船邊停滿進口轎車，常常幾年間，就傳出某某老闆船全賣光，偷渡到大陸另謀生路了。也有大半夜偷偷卸魚貨，能卸多少算多少，因為船就要被銀行查封了。

當然，致富傳奇也不少。

某某某，當年在出魚班辛辛苦苦拉魚，如今成為海產大亨；某某某，昔日在漁港賣水，退休後重押老本，全數退休金賭在一艘船上，賺到第一桶金，如今是幾艘遠洋漁船的老闆，三不五時就要飛到模里西斯處理船務。

大起大落，半事實半傳說，現下最轟動的當然是慶富造船公司，媒體鬧得沸沸揚揚，漁港這有不少當年的戰友，評頭論足起來口若懸河，清末民初的陳年往事全挖出來暢所欲言，真實性反而非重點。

成王敗寇，特別是周邊相關的人與事，永遠都是八卦的話題。

錢進錢出，要懂得把握時機尋歡作樂。

背十字架的人

十字架
不就只是
圖騰
信者為真……

眼睛夠銳利，腦袋夠胡思亂想，會發現漁船上充滿各式元素。最吸引我的就是「十字架」，有形與無形的。

當外籍漁工勞動時，我只要稍稍移動腳步改變視野，繩索電線等線條構成的「十」字，無所不在地和一張張汗如雨下的臉龐堆疊，很難不想像成是生命的枷鎖。

稍稍歪頭看時，「十」字諷刺地形成「X」字。據說宗教是窮人的鴉片，我眼中錯亂形成的圖騰，再三迴繞腦際。

金錢塑成一幅幅弱勢影像，我亦是其一。

第二篇

漁港的人

新船員，拚人生翻轉遠離故土
老船員，各種因素仍選擇海上生活，常年的離鄉背井
船隻航行海上，滿載希望，也滿載了種種可能風險
大至船隻，小至個人惡耗時有所聞
人死了，冷凍艙凍魚體，也凍人體……

漁工不如魚?!

流傳已久的船上笑話：漁工和大目鮪魚落海，記得要先救魚！

船外解讀：漠視人命。

船幹說法：人會游回來，魚會逃走。

雖是笑話，按意識形態拼湊囉！

無關對錯，就只是各言其表？

基於諸多考量，船上漁工不會只用同一國人。首先，當然是為了安全，其次是避免聯合起來罷工。孤懸海上的船隻，形同監獄，毋須高牆，不用警衛，就是一座階級明確的城堡，除非靠岸，任誰也無法進出。

船長、大俥、大副等掌權者，大都是臺灣人且少數，金字塔形結構是船上的生態。臺灣幹部的領導統御技巧，關乎全船作業安全與漁獲成績，更重要的還是自身安全。

雖然掌權者與勞動者所得有差，但共同的目標都是奮力拚搏，就為了過上好日子。海上喋血、外籍漁工叛變、同儕互毆致死，雖不多，但時有所聞。

現代化遠洋船舶，除依賴重機械，也需大量勞動力，船上在漁場作業時必須動作迅速且繁忙，意外在所難免，除了少數急救藥物，完全缺乏醫療能力，小病痛都能釀成死亡。

所以，凍魚的冷凍艙，正常情況下凍魚體，偶爾也凍人體，返港時供檢警勘驗。

臺灣人幹部是臺灣船公司重要的生財來源，出航前通常可以先領個數十萬安家費，萬一海上有個差錯，當然也是不惜成本極力救援。

曾經有個有高血壓家族史的船長，在海上作業時血壓飆升，立刻衛星電話求援，船公司迅速調派直升機送新船長到現場交接，讓高血壓急性發作的船長搭機回臺。

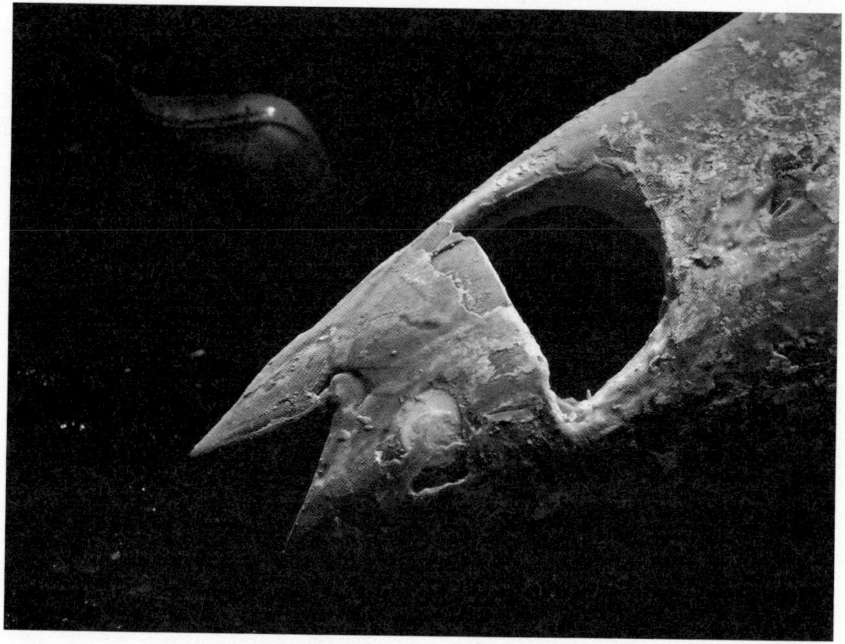

而同樣航行海上的外籍漁工，不要說生病了，就算他家裡發生事故，船公司也不會告知當事人。被壓榨的身體與受壓抑的精神，曾讓一名失戀船員海上航行時酒後縱火，結果全船陪葬，拖回港的漁船只剩空鐵殼。

不同種族，不同階級，同人不同命，同工不同酬，是必然。離鄉又離岸的外籍漁工有個萬一時，也只能看天了。

滿載而歸？

漁港，充滿機會，也危機四伏。

新船員，拚人生翻轉遠離故土。老船員，各種因素仍選擇海上生活，常年的離鄉背井，賠上的往往是婚姻和家庭。

船隻航行海上，冀望滿載，滿載漁獲的同時，也滿載了種種可能風險。大至船隻，小至個人惡耗時有所聞。

船沉了，天災人禍颱風失火碰撞；船員因家庭變故，海上縱火，全船陪葬，拖回來的只剩艘空鐵殼；械鬥、落海、生病；甚至船靠港，驚聞家庭變故，一時走不過去，車間自縊……

人死了，冷凍艙魚屍伴著大體返航；燒成骨灰的，比活著時還舒適，搭著飛機回歸故里。

生計

能待陸上
誰願漂泊海面
胼手胝足
不都是為了營生
造就家人幸福

盜賣漁獲

漁船潛規則：大凍艙屬公司所有。全船進食的兩小菜艙雖是廚師在管，但廚師又歸幹部管，所以實際上也等於是幹部的私艙。返港日愈近，兩小菜艙的空間就愈大，進港前大小艙之間的乾坤大挪移，公道自在幹部之心。

漁工薪水大都寄回家，只能領取靠岸時發放的少數零用金和紅利做為生活日用，吃喝嫖賭的另外花費就得靠「油水」了。

油水大致可分為兩種：公油水跟私油水。

「公油水」，是集體錢，一批人按比例分配。最常見的來源，就是私賣魷魚乾。海上魷魚豐收時，甲板上滿滿都是，常來不及排列裝箱送進冷凍庫。不影響作業的情況下，幹部通常會睜一隻眼閉一隻眼，允許漁工把魷魚剖肚清內臟晒一晒，回港之後，共同販賣給沿岸收購的小販，當作是小金庫分紅兼喝酒錢。

初始，我完全狀況外，和外籍漁工也不熟，但爸爸桑職責所在，漁工也不敢造次，貿然集體販賣。有的就只是海蟑螂開著發財車來收購時，小量賣賣換點酒錢。我師法阿壽觀念，都是甘苦郎，讓外籍漁工賣賣賺點零星錢，人之常情，也是漁港的常態。更有一些中年婦女，一手持魷魚乾，一手騎改裝的三輪腳踏車沿岸巡逛，不需懂英菲印尼語，手上拿著的魷魚乾就是彼此溝通的語言。

雖然這些外籍漁工普遍書讀得少，但做起買賣來可也精明得很，會先向前來收購的小販詢價，比較過後再做定奪，通常是傳統手秤抓個大概來賣。但量大時也只能賣給開著發財車的海蟑螂，既是海蟑螂當然非常「專業」，不僅配備電子磅秤，還常以品項不佳、發黴和潮濕等藉口扣斤減兩，讓漁工賤賣。不過，道高一尺魔高一丈，防守這方的外籍漁工可也不笨，他們會用喝剩的保力達B一尾尾擦拭，發黴、發臭、沾滿雜物等疑難雜症完全搞定，還閃閃發亮，賣相超佳。

誰說，外籍漁工只會賣蠻力

另一種的「公油水」，也算是公開的祕密了：盜賣漁獲。

通常是利用夜晚時，爸爸桑外出洗澡或吃飯時，發財車堂而皇之靠岸邊，船員集體搬漁獲下船賣。資深的爸爸桑提醒，不小心碰到這種情形時，千萬別走近讓彼此尷尬，甚至讓自己可能被消失，只要適度地讓帶頭的外籍漁工看到自己，讓他們知道你全都看在眼裡，然後就走開。若萬一船公司的人剛好巡視到場，SOP說詞：「正要通報公司，也有看清楚是哪些人幹的。」

刀切豆腐兩面光，誰也不得罪誰，自身安全第一。

這時也不存在菲印外籍漁工不合的問題。每到這個時刻，平常較有互動的印尼外籍漁工會刻意支開我，然後與菲籍漁工大團結，聯手搬了十幾箱魷魚上發財車。我通常會走得遠遠的，視線對上時，我會對他比比我的兩眼再指向他，他明白我的意思，一臉尷尬。

這樣縱容，不是怠忽職守嗎？漁船出海一趟可進帳上億，船公司老闆不差這點小錢，有的船公司也會裝不知道，只要量別太多、不是高單價的魚就好。有錢大家賺，和氣生財！

上面說的，都是外籍漁工的私賣情形，臺灣人則又是另一種潛規則：默許。通常都是船長、大俥、大副等幹部，或是船公司的人所為。

在海上時早就已經分配好了，外籍漁工通常會說：「這是船長的，那是大俥的。」

較熟的臺灣幹部曾當我面私下訐譙外籍漁工：「幹！『我的魚』被幹走十幾箱。」可想而知，幹部私下可「分配」到的量有多少。

然而，外籍漁工也是各懷鬼胎，奉命搬運幹部的魚下船時，會東拐西彎沿途偷藏，之後用舊棉包裹藏在置物櫃裡保鮮。漁工偷藏的魚都是無帳目且量不多，但大都是好貨色，幾百元隨便賣賣夠買醉就行了。

另一種狀況則是真正的盜賣，臺灣人專利。這種情況的私賣，通常不是量大，就是高價魚，所謂官（幹部）愈大門路愈大！

漁港不大，也什麼都小，漁工最小，耳語最大且滿天飛。曾傳聞，少數船公司小開在外欠債，搬父親船上的魚抵債；吃喝嫖賭不夠用，想方設法挖船上的資源；有時為錢所逼四處周轉，連三、五萬的公款都挪用，私人借款也一拖再拖……類似傳聞，漁港岸上從沒斷過，亦可說是「正常」的日常談資。

是真是假無人追究，也沒必要，誰認真誰就死得很難看，當作是酒攤話，酒一退全忘光光，才不會惹禍上身！

「私油水」，理所當然私人所有。

過路錢財，不揩白不揩，但真正的揩「油」，早就不存在了。早期揩政府補助漁船的柴油，沒有GPS的年代，小船出港，海上繞繞就有船油差價可賺，也因此造就了一批小財主。

耳聞，漁船在外海處理魷魚時，船幹會指揮外籍漁工留下魷魚噴嘴。二十箱的魷魚噴嘴隨便賣賣就有二十幾萬，據說，這是船長默許的集體撈油水。剝離魷魚噴嘴其實很費工，反正船上什麼都缺就是不缺人手，假公濟私理所當然。

大大的一艘漁船，雖說階級分明，但都是領人薪水。按位階揩「合理」範圍內的油水，船公司有時也會閉上眼裝沒看見，某層面也算是臺灣人特有的人情世故。

指控

「幹！天天在喊剝削漁工和血淚生活，還跟著金毛仔起舞，這些人了解多少？都是人生父母養，我們幹麼苛待漁工？我們也是血淚魚工熬過來的，拚死拚活才有這麼幾艘船。」船二代酒後幹聲連連。幾個一起喝酒的爸爸桑無言，接啥話都不對。

「媽的！我出租一艘漁船，歡迎這些人入股一起經營，特別是金毛仔，共同出港捕魚和管理，盈虧自負。要帶種，整間公司讓渡，換我來控訴剝削血淚。」喝茫了！

「哪個環境沒有改善空間？又不是每家船公司都一樣，完全不了解，不分青紅皂白就跟著亂打一通，媒體最大喔？有種去跟大陸漁船說，柿子挑軟的吃，幹你娘啦！」有點茫！

「臺灣人咧靠腰喔！還跟著金毛仔起舞，最好都別吃海魚。」絕對茫！

船上日常

—洗澡—

洗澡，對漁工來說是一件相當不便的事。

偌大漁港只有大小兩間洗澡間，當漁工揮汗如雨工作了一天，黃昏時刻，常可見漁工大排長龍等著進澡間洗去一身的魚腥。大小澡間位在漁港的兩端，不管船停靠哪裡，想洗個澡都要先走上一段距離。

漁船繫在補給碼頭時，外籍漁工會違法偷接淡水上甲板，大沖特沖地洗個痛快。岸邊加水栓都架有帶鎖的鐵框，白天會解鎖打開供漁船補給淡水，補完水後再上鎖。但外籍漁工就是有本事偷偷打開，大水嘩啦啦無限供應，反正水費便宜，船公司也不會計較。

夏天來場傾盆大雨時，外籍漁工更是直接在船上接艙房流下的水解決，省去淋雨走大老遠的路排隊，洗完了再淋著雨走回來。

豪邁的漁工，拿飲用的瓶裝水刷牙漱洗，惹來船公司臭訐六譙。

懶得排長龍等待的，到廁所裡用水桶接小便斗的水洗滌，反正都是水。所謂的水桶，大都是油漆桶用完後穿條粗鐵絲當把手，就是一個現成的自製水桶，洗澡洗衣全靠它。外籍漁工是不會花錢去買「真正」的水桶。有的甚至跑去加油站廁所洗澡而引起民怨，更讓加油站在營業完後就把廁所鎖起來，搞死我這還學不會蹲在船舷拉屎的歐吉桑，大半夜狂奔一公里外的便利商店解決。

始終不明白，賺錢的漁會，怎麼會沒有經費來多蓋幾間淋浴間？

漁工要是臺灣人，待遇會不會有所不同？我一直在思索這個問題。

─電─

魷魚船在卸完漁獲後，主副機就會停止運轉，到了晚上通常是無水無電，白天才靠吊上甲板的發電機供電給臺灣技師修繕用。現場的會規定發電機開關時間，常要爸爸桑代為監控。

我的態度是陽奉陰違。

現場的或船公司的人，有時入夜後會微服出巡，看到全船通亮，訐譙聲就來了，首當其衝的自然是顧船的，其次是掌控發電機鑰匙的外籍漁工車間代理人。貓捉老鼠永遠存在，我是外籍漁工眼中的 Saigo（最棒）爸爸桑，偷開電這部分我都視而不見。下工後開個小燈、小音響聽聽音樂，尤其手機於外籍漁工彌足珍貴，和故鄉的親朋好友敘敘感情兼打發無聊時間，就全靠發電機的電源充電。

不明白營收上億的船公司，省這區區一晚幾百元的發電機柴油錢有何意義？對一群甘苦郎，就不能多點體諒？

有的船不給接電的理由，是怕漁工烹煮食物造成跳電，甚或造成火災。另種說法是，不供電的船漁工會全跑來，增加管理上的風險。我常出面到隔壁船代為說項，拜託給我這艘船接電，承諾會盯著船員不用大功率電器，注意用電安全。

船並停離岸邊較遠時，大家都會有默契地不開大燈，艙房小燈岸邊不容易發現，現場的也不會那麼勤勞地越過數艘船舷登船檢查。大家都是在討生活，即使薪資有別角色有異，彼此互相交代得過去即可。

─開伙─

位階不高、無一官半職的廚師，船上人人尊而敬之，算是特例。船長、大俥、大副絕對想吃好，正餐外也要開小伙，三更半夜更要吃宵夜。煮，當然要煮，如何煮，美不美味，就看你跟廚師的互動關係。

有艘運搬船，廚師是菲律賓人，雖沒有小金庫但擁有小食庫，常常開起同鄉會。

運搬船類似海上大貨車，本身不進行捕魚作業，而是到漁場將作業船隻的漁獲轉載至指定港口，原作業船隻繼續在漁場撈捕。同樣是船員，他們算是比較幸運的一群，至少不用通宵達旦犧牲睡眠地工作。運搬船船型最大，船上二十四小時不斷電，空調隨時開著，幹部房還有獨立冷氣。

這艘運搬船公司算大方，福利捨得給，天天廚房都開伙，也會給現金讓廚師買食材，不用吃千篇一律的便當。特殊節日還會加菜，廚師會邀集各船的菲律賓漁工，就在這艘船上開起了同鄉會，我船上的菲籍船員也會到這艘運搬船上過節。類似情況很常見，同國族都會到各船串船子，特別是有電的船，但絕不會夾雜非同國籍的「外籍」漁工。廚師的資源最多，除了擁有一座小食庫，也有外快門路，會拿船上的魚和早市交換各式食材，回程時就在幹部門口掛袋早餐，拿人手短、吃人嘴軟的幹部也不好打槍三餐食物不佳。

這船靠岸期間，我和阿壽常被船上的大陸籍大俥熱情邀請到幹部小餐廳吃晚餐。不是我們人緣特別好，而是我們懂得「禮數」，會隨手帶點啤酒或威士忌，投其所好。他一個人一餐可以幹掉一瓶黑牌威士忌，又會挑好酒喝。因為飯菜是公司的，大陸籍大俥請客並沒花到錢，所以他手上有私魚時，也會回饋一些給我們。我跟阿壽最大的樂趣之一，就是跟他「挖魚」。我跟阿壽都是獨居，吃不了多少這些大型魚或整箱的冷凍魚，所以拿到手後也是馬上轉手送人，獨樂樂不如眾樂樂。

漁船靠港卸完魚後，冷凍艙都要清洗，「剩」下的魚也都要馬上處理。若來不及販售，就只能任魚解凍發臭，最後丟入海中。所以，也會常有漁工拿著半解凍的魚四處賤售，內行人都趁機用超低價購買。漁工也會把剩魚送給熟識的爸爸桑，早期自認清高、認為不該拿不屬於自己的東西的我，常拒漁工於千里之外，搞得外籍漁工也莫名其妙。

有往有返是人之常情，在漁港更是常態，最常見就是施受

雙方在酒攤上互相請來請去。當然，也存在永遠只拿不回饋，甚至需索無度之輩。在「不得不失」大原則下還是得敷衍應付，遇到這類人盡量閃遠點就是。

—加菜—

外籍漁工缺不缺錢，從便當剩下的量就可知道。

外籍漁工有錢時，便當常剩一半以上，我閒閒沒事幹，會撿些白飯和肉類帶下船餵狗，不想浪費了這些食糧。

沒錢時，便當不僅嗑光光，還會想方設法自己加菜。

說到加菜，不得不佩服這些外籍漁工。只要有電，就能變出色味俱全的家鄉菜來。電鍋無內鍋，一鍋煮遍所有食物，船上菜艙裡拗來的、外買的食材等等，全都一鍋煮。煮完飯後挖出用別的容器裝盛，接著下油熱炒爆香，雞鴨魚肉煮熟，再澆上原鄉熟悉的調味料，過沒多久就是數道熱食。

在外籍漁工熱情邀請下，試吃了一些異國風味食物，雖不習慣但仍覺得不難吃。但船上環境髒亂不堪，小蟑螂等四處亂竄，我腸胃又敏感，礙於情分將就吃了幾口馬上落跑。絕對沒有歧視的意思，主要是文明化的賤胃，經不起各種病菌伺候。

甲板上明訂不能升火，但外籍漁工興致一來，不管三七二十一，大白天就烤起肉來，肉整整一大塊切都不切，也不知哪弄來的木炭，剛起火煙還很大時就烤了起來。

這可好，濃煙引起現場的上船來觀看。我滿臉尷尬，明知船上不能用火，我不但不禁止，還站在一旁看熱鬧。現場的可能看我在場，知道不會太離譜，交代我「烤完要確定火全熄滅了」後，什麼都沒說就人性化的離開。

漁港人，這點相當可愛，不會拿著雞毛當令箭大擺官威，但底下的人也要懂得互相尊重，才能相安無事。

漁港遞菸是最佳公關，基層外籍漁工不貪，給什麼都心懷感激。幹部老鳥就較有「品味」，給的菸酒還會當你的面仔細研究，甚或大喊 Saidei（差勁），挑得很！

常常一包菸剛打開，一人伸手要，其他人就跟著圍上來，還發揮同鄉精神，明明不抽菸的照樣伸手拿，轉眼再偷塞給他的朋友。太多人抽伸手牌的菸，阮囊羞澀財力有限，有時我會特意去買些漁港買不到、外籍漁工也無從判斷起的香菸，來做為公關菸。其實都是劣菸，坊間來路不明的私菸。只要不是他們熟悉的船員菸，都是印中文的臺灣菸，外籍漁工拿到還是會很開心的。

有些外籍漁工很可愛，有時會偷偷塞給我整包印尼菸。香菸裡有濃濃的中藥味，我完全適應不來。這可不是什麼劣質爛菸，聽阿壽說，這款「中藥菸」一包臺幣兩百元，還不容易買。就他們的收入而言，外籍漁工是把我當兄弟才給。

一艘船外籍漁工眾多，但爸爸桑就只有一個，少數外籍漁工需索無度，習慣成自然，動不動就會開口要酒要菸。很多爸爸桑深知此理，在船上時就不菸不酒，甚至不和外籍漁工互動圖個清靜。

這些小夥子，都跟我的小孩年紀相仿，相較於他們，我在物質上相對算富裕，所費不多時一起同樂也無妨。

炸金花

超商前，陸籍漁工公然聚賭玩「炸金花」，鈔票大剌剌擺桌上，一點都不避嫌，據說輸贏常達一個月的工資。

警察為展現親民愛民，按慣例會把警車停在四公尺外的街口，只要不打架不鬧事，不會強行干涉。看過街口的警車十幾次，只看到一次警察走過來要他們收起不能玩。

跟這些賭博的陸籍漁工混熟了，不但給拍照，還會舉手跟我打招呼。

也看過不少陸籍漁工打麻將，還有熟識的漁工喬賭債，這類糾紛常發生在陸籍漁工之間。

我顧的船上菲籍漁工沒錢可賭，在地上插根筷子，竟然賭起包便當的橡皮筋，也玩得不亦樂乎。

黃湯

顧船的，大都六、七十歲以上的老弱殘兵，部分人的生命態度彷彿醉生夢死，所得皆花在菸酒上，天天醉茫茫。相較於年輕力壯的外籍漁工到異國打拚，如同日出和夕陽的對照。

移工，拚未來；顧船的，某層面，拚嚥氣前的當下痛快。

極其弔詭的氛圍。

共同語言，酒精。

殊途同歸，拚個短暫的遺忘。

塗鴉

所謂走過必留下痕跡，待過必留下字跡，船上充斥各國文字的塗鴉，英文我稍懂，但印尼文完全看不懂。我見過、看不懂的文字，至少有六、七種以上。

各國籍的外籍漁工不會安排同間寢室，寢位附近是個人私有空間，壁上塗鴉透露出睡這個位置的人的心情和想望。

而發電機，是外籍漁工留下「痕跡」最多的地方。

船靠岸，為了白天修繕需有電源，車間主副機用油量大，租賃由汽車引擎改裝的發電機，是最佳CP值的解決方案。發電機有專門公司經營，但沒有專船專用，而是隨機吊上船，也因此包覆的鐵板承載了各船各國各個人的心情塗鴉。

現實

一個班，一艘船，一萬多元……

一支長竿，烈日下攀登蹲伏，鏟除附著於船身吃水線下的藤壺。

都是婦女，也都是甘苦郎。

漁港這，很多和我年齡相仿的婦女，在為家裡生計打拚。

這類高勞力的工作，相異於冷氣房內的都市OL，看了一定會慶幸自己不是其中之一。

TAMU
ADALAH
BERSABARLAH

自己人

不同國籍的漁工絕少聚在一起，除了兩方帶頭的大哥大，怕萬一兩造人馬衝突時，彼此有點交情還能溝通溝通，不致釀成衝突後全被遣返回國的命運。

我還是爸爸桑菜鳥時，為了私心攝影方便，會買些酒和吃食分成兩份帶上船。我呆呆地交給碰到面的船員，申明一半菲律賓一半印尼。等我岸邊亂逛後回船上，發現只有同一國的漁工在享用，要不就是大小分配不平均。之後，我一定會分成兩份親自交給兩方的大哥。

有次趁印尼帶頭的打開私人櫃子時，我好奇探了下，數瓶廉價威士忌。這品牌，漁港附近沒得買，是我拿給他，要他和印尼人共享的酒，被他偷偷留了下來打算獨享。

自己人也不見得就會特別照顧自己人。

感冒藥

都是甘苦郎，要生存，各憑本事，都是在夾縫中求生存。

白天烈陽當頭，船體如同烤箱，入夜後的炙熱，無電的狹隘床位，讓人更難於入眠；睡到午夜，海風徐徐氣溫轉涼，甚至冷到需要蓋條薄被保暖。偶爾驟雨來襲，睡眼惺忪地大呼小叫抱著寢具躲雨，結果一堆人感冒。

我亦是其中一員，吃感冒藥時被外籍漁工看到，圍上來跟要糖似的，我堅持藥不能亂吃不想給時，他們竟然故意狂咳猛咳起來，用肢體說明他們也感冒了。

向這航次可拿到近千萬的臺幹反應，無動於衷就算了，還說船上感冒藥很多，但卻從沒看他拿出來過。閒聊時大俥說：「藥很多，都是我的室大字，從沒打開過。艙內斗大的醫藥錢。」才知藥品算入這艘船的營運成本，除非迫不得已，否則不能隨便支用。

此時，很想學陸幹開罵：「雞巴毛！」賭博隨便打打都一兩千元起跳的人，竟然計較這一兩百元的感冒藥！

看著外籍漁工對著艙壁投球自娛，我用臺語大喊：發球！……fuck you……

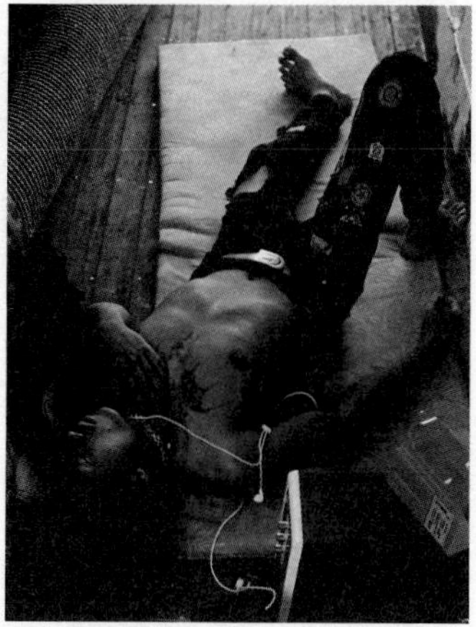

舊衣

高雄熾熱，外籍漁工不缺夏衣，但因為家裡有些已不再穿的舊衣，便洗一洗晾一晾帶上船，對外籍漁工而言多些可換穿的衣服，不無小補。

但冬天，外籍漁工就慘了。

這裡不比南方澳寒冷，且有在地慈善團體發動募冬衣，遠洋漁船不缺禦寒衣物，但那是在海上冷凍艙作業時才能穿，且產權屬於船公司，冬天時漁工還是得自備冬衣。

家裡不再穿的冬衣能拿的早就拿上船了，常見新進的外籍漁工凍得面紅耳赤，而那些已有我給的冬衣但他們也穿不上的老鳥漁工，就是不拿出來給這些新進漁工。

船上漁工穿著我的舊衣，有時醉後老眼昏花，恍惚間似乎看到了我化身為二、三十歲、年輕力壯的不同臉孔和身軀，在船上穿梭。

醉眼若能成真，就不必學浮士德和魔鬼交換年輕的肉體?!一覺醒來，旭日東升，船上的漁工依舊，而我還是顧船的我。

對立

船歌：莫等待！莫忍耐！自己的內褲自己洗！

船上，一切自助，舉凡衣物、剪髮等等。

生活，有時可以很簡單，陸地人可能很難想像。

這位「黑輪」（臺語發音），船上菲律賓籍和印尼籍漁工的「長官」。

菲律賓籍十七人，印尼籍二十九人，個個都是血氣方剛的年輕人。

人數少，管理是門大學問，特別是喝酒後更敏感。

船上族群對立永遠存在；工作之餘，各歸各的國籍群聚。任何微不足道的言語衝突，都可能是最後一根稻草，演變成集體幹架拳腳相向，甚或刀械見血。

午夜，咆哮聲司空見慣。

我才在船上睡了三晚，就有兩晚被咆哮吵醒。

垃圾

只要有人的地方，就會製造垃圾，就要處理。所以船也有垃圾，但更難處理。家裡垃圾，會有垃圾車來收，漁港的船垃圾可不能隨意丟到岸上，必須自費雇車處理。漁會有專人專門查緝，私倒船上垃圾要受罰，船公司不敢違法，常要顧船的「順便」化整為零，用機車一袋一袋地載到陸地上的大垃圾桶。部分較精明的爸爸桑，不待船公司開口便自動自發處理，如此盡心盡力的顧船的，下回當然還是找他。有些現場的乾脆錢自己賺，命令爸爸桑把船上垃圾清得乾乾淨淨，再去找收據申請垃圾車處理費。

爸爸桑「職務」可大可小，甚至被要求做船上清潔工作，負責倒船員吃剩的飯菜入海，避免船上發臭和長蟲，空便當盒堆疊整齊以減少垃圾空間量等工作。曾有爸爸桑置之不理，隔天就被撤職查辦換別人了。

另種垃圾減量就較環保和光明。有的爸爸桑肥水不落外人田，船員喝剩的啤酒瓶和保特瓶，各式包裝的紙材等，自己做回收。

我會鼓勵船員將回收物丟下船，讓拾荒的老人隔天早上撿拾，漁港不少老人會騎著機車、腳踏車來撿回收物。看見行動不便的老人來撿回收物時，我還會下船幫忙放上老人的電動機車上，甚至幫忙踩扁和綑綁。如果我顧的船靠岸邊，我也會讓他們上船來翻找，只要別弄亂讓我不好做人。

不過，有時難免出糗。清晨發現甲板上又是啤酒罐四處亂放，我邊撿邊往船下丟。結果平日搶手的鋁罐竟然留在原地，現場的來巡視時大發雷霆，狂罵船員亂扔。我孬種不敢承認是我丟的，害外籍漁工背黑鍋被罵，看到我扔的外籍漁工偷偷看了我一眼，拇指朝下比了比地虧我。更糗的一次，看到行動不便的大哥電動車來到，我趕忙到車間問大俥，有沒有不要的破銅爛鐵，他朝一PE袋指了指，我拉了下，竟然拉不動，肯定會有一筆好價錢。於是拜託一旁的外籍漁工幫忙拿下船，沒想到平常友善的外籍漁工竟臭著一張臉，心不甘情不願的拿下船。我還摸不著頭緒，便聽見大俥抱怨：「早就叫他們拿去賣，懶的要死，動都不動。不想賺，那就送人賺啊。」

哇，我變成壞人了。

大海是一個不被神眷顧的地方，
卻有一群人在那裡自在地行走……

海平面的盡頭，真的有夢想存在嗎？

CG 126
R.O.C. COAST GUARD
GREAT GLORY

如常人般懂得玩樂懂得享受，他們都是我心裡的歡樂英雄。

人，永遠永遠，不會因認真生活、認真工作，就矮人一截！

人吃魚，人也吃人？
誰才是最頂端的掠奪者？

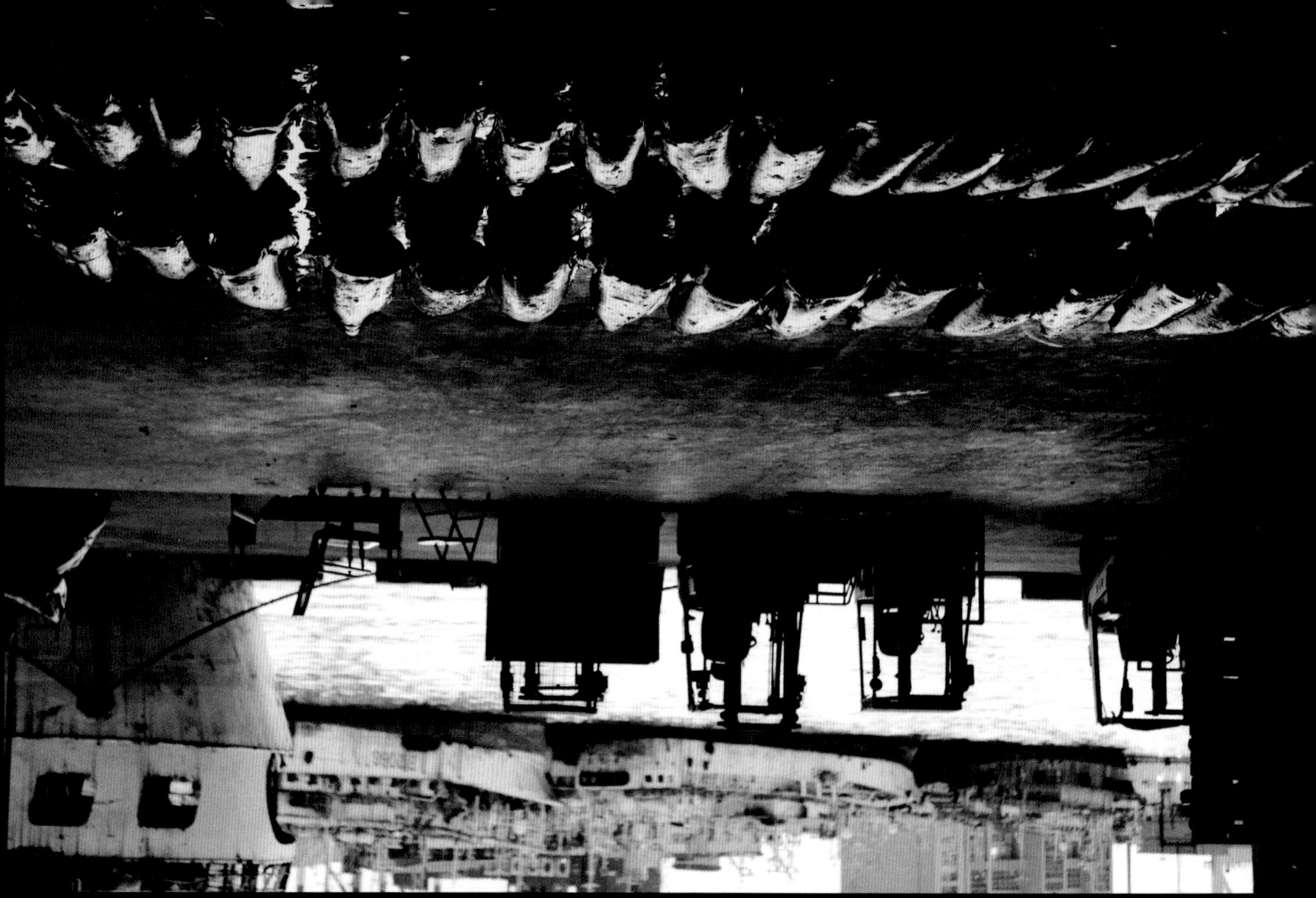

英雄與狗熊

黑戶打黑工，一天一千元，清晨做到傍晚打烊後，無週休和勞健保。臺籍員工還集體霸凌，拚命想弄走她，好安插自己人進來。臺灣員工薪資經常透支，藉故遲到早退，還性騷擾她，露鳥摸她屁股什麼都來。幾個月沒領薪水了，老闆還向她借錢周轉現金。

「英雄」酒一喝，又跳出來主持正義，力勸黑戶回國，他拿田契去借一百萬，讓她衣錦還鄉，不用在此受人欺負。

其實，黑戶時時在處處有，再怎麼主持正義也永遠主持不完。精明如我這種臭俗辣，只能精神上免費支持，或偶爾良心發現，背地裡偷偷幫點小忙，絕不會像他一樣，酒後就當英雄。

眉角

人，挺奇妙。

一提起外籍漁工，既定印象，臺灣人苛刻，剝削勞力。但「辛苦」的，絕非只有外籍漁工，很多本地人也很辛苦，四處逛逛觸目可及。

連續兩天卸完漁獲後，冷凍庫不關讓它自然回溫，一兩天解凍後再清洗。大清早我好奇，下去逛了一圈，最內層仍異常寒冷。

輸送帶卸魚過程中，常會散落包裝箱破損的少數漁獲。有的船公司經理寧可丟入海中，也不讓人撿拾。我顧的這艘船，剛好認識的「貢丟」（打到）上船撿拾，右手那箱「青花」，就是昨晚我包庇漁工偷賣魚，回饋我的紅包禮。我喝多忘了拿，他翻開一看，樂翻天，外籍漁工出聲制止，我笑笑比了個OK手勢，外籍漁工就不再說話。

「貢丟」外表正常，初以為他有點輕微溝通障礙，跟他說話時，他的回話常牛頭不對馬嘴，但只要罵他，他都能清楚回應。

「顧船的」職責之一，就是防止漁獲被偷搬，我這包庇「貢丟」是大忌。「爸爸桑」老鳥總是提醒我，別讓陌生人上船，這罪名很大：挾帶外人偷竊。

各行各業，眉眉角角很多，隔行如隔山……

停船

牛仔算什麼？我們船仔才厲害！

我們不牧牛，我們牧船，一千噸位的大漁船，繩索一丟、對面船的人一拉，乖乖就定位，還經得起海浪衝擊不位移。

小繩綁大繩，大繩套船舷，船並船泊在狹窄港內，就靠我們船仔絕代奇技。重點是，愛怎麼停就怎麼停，陸上警察伯伯管不著，海上條子也不會開罰單。

早上八點多移船，先挪走靠岸第二艘，再將本船挪至該位置，狹窄的海域內，三艘小船乾坤大挪移，堪比張無忌的太極拳神功。

第三篇

無止境的夜

生命中，總有些事無從選擇，例如：出生和死亡⋯⋯

該如何說她？
常看到她，二十幾歲左右，白白淨淨，背微駝的纖細身軀，揹個小背包，
入夜後像鄰家女孩般，踽踽獨行於偌大港區。
「常看到她，這麼晚了，獨自一個女生，不怕被強去喔。」
「一炮三百，要不要？我幫你介紹。」
大家都叫她「三百 A」⋯⋯

都是選擇，選與被選；都是勞動，為生活。

越南妹

人類，雌雄異體，屄屌有別，相同的心，不同的人，如果同人會同命，人早就不是人囉。都是討海「人」，同文同種同兄弟，共同海上搏命賺錢，有啥好計較？

錢，計較就算了，連女人也都計較起來，特別是為了「賣」的女人。

無關性別歧視，單純消費取向，船員觀念就是如此。說穿了，常只是價碼明確的速成性關係，屄在屌在，屌離屄自由，雙方心知肚明，買賣方就只是個小圈圈，靠港期間客串客串將就點用用，當個「婊」兄「婊」弟就夠了。就算談情說愛也只是虛情假意，自欺欺人的一段演藝戲碼。

用過後品頭論足交換心得，覺得貨色好，兄弟間還可互通聲息推薦，這是船員聚會常聽到的老話題。

套句據說是「您採」的名言：「我快樂的公式，一個是，一個否。」

男女方彼此先說好，又非公事，船員也沒必要互相驗證，金錢穿越族群性別，無分國籍，性交易全世界通用。

是是是！

否否否？

是否之間，無關對錯，就只是 kimogi（感覺）。A片裡常有的臺詞，還噴了一鏡頭的尿液假裝高潮，騙死人不要錢。但這裡的「女優」，保證無美女，價格使然，條件好就不會在漁港混了。船幹部收入雖較好，但能使的錢仍有限，消費不起市區的夜總會，能常跑跑小吃部就是大腕級了。

船員帥的沒幾個，菲印比例稍多。大陸人？留下來的，大都是經歷海上旅館和岸置所時期的老船員，基本上都算中年大叔了。外表共同點，身材圓滾壯碩，滿臉歲月風霜，雙手粗糙老繭，都是見過世面的老油條了，照理說待人處事應該八面玲瓏面面俱到。

LOVE
is......

但有人就有是非，就算同鄉間彼此熟識，檯面下的暗槓耍陰在所難免，互相忍忍就算了，相忍為錢。搞到檯面上惡鬥，互相拉幫結派拚輸贏，場面就難看了。

偏偏兩方都和我們這幾個爸爸桑熟，常一起吃吃喝喝，很難完全置身事外，事不關己漠不關心。

陸籍「阿國」是運搬船的二俥，船上福利和設施比較好，隨時水電俱全且有獨立冷氣，廚師也照三餐煮。我、阿壽和魷魚船的二俥「阿勇」，常獲邀到船上的幹部餐廳用餐，默契就是帶酒過去。船公司授權廚師三餐採買，幹部的小餐廳都吃的不錯，還常有頂級生魚片品嚐，阿國嗜酒又愛熱鬧，飽餐之餘又愛吹牛逼說大話，我們都是最基本的觀眾。

某日傍晚，一夥人聚集飲酒作樂，船員報來喜訊，來了個美女上船找阿國。

美女？拜託！別傻了，哪有可能？

一個姿色甚佳的年輕越南妹上船來，大夥吃喝哈啦一番後，阿國拉她進了艙房盡「性」後才出來。越南妹早就不見，收了三千元已離開了。想當然耳，大夥拿他的性能力嘴炮圍毆他。他回說是老「朋友」了，一問才知道是小吃部的坐檯妹，直接到船上服務不必被店方抽成。

劇情演變直如連續劇，幾天後夜晚自助餐店前，一如往常大夥又群聚喝酒打屁閒聊，阿國和阿勇酒後竟然反臉相向，當著我和阿壽的面幹起架來，一旁的大陸人勸都勸不住。

船員鬥毆司空見慣，漁港潛規則，沒鬧出人命都好說話，遑論都熟面孔，彼此都叫得名號來。

側面得知，原來阿勇睡了阿國的越南女子。

阿勇的說法：她每次見面，都收他的衣服回家洗，從沒開口要過錢。有天她送洗乾淨的衣服來他的艙房，他喝多了順勢就搞了起來。他還直誇她很溫柔，床功又一級棒，男人很難拒絕她，事後也都會塞錢給她……

陸籍船員圈子本就不大，何況男人酒一喝，最愛吹噓一夜多次郎，多厲害又多爽。

各有各有的「好」炮友，三傳四傳到阿國耳中。

雖都是賣的女人，有錢就是大老爺，誰都可以消費，但事關面子，敢碰我女人？梁子至此結下。每見一次面，就摔一次酒瓶洩恨，各自拉幫結派壯聲勢贊聲愈演愈烈，只欠兩幫大陸人群毆，連刀械都有人帶來了。

這下，難不成為了個賣的女人，兄弟就翻臉成仇不往來？家鄉各自都有親朋好友，甚至已成婚生子，就倚靠這份薪水養家活口，一鬧事馬上被遣返，何苦來哉？氣歸氣，忍一忍，不就過了，何必男人為難男人？

每個漁港都有船員，也都有女人，脋時情深義重，拔屌後相見兩相厭，船員性格是也。誰也不知下一航次在哪相遇，就算漁船老江湖，運氣超背時，莫名其妙落海失蹤，甚或海上喋血也時有所聞，連個屍骨都可能無存。

事情如連續劇，每見一次面就重演一遍，衝突始終存在。搞到後來只要一方在，我們這些酒友就像聽錄音帶般沒完沒了，煩都煩死了。眾夥默契十足，他一提就避而遠之，讓他自覺無趣，不再叨唸。

都是辛苦錢，揮汗賣力熬了一、二十年，才有如今千元以上美金的月薪，站著不如躺著賺?! 雖說是血汗錢，同樣淌血，肢體流血卻不如經血，還按月來咧。

飽暖思淫慾，小頭昏，大頭跟著昏？

選擇

生命中，總有些事無從選擇，例如：出生和死亡。

文青說法：生命都是個體，無分大小的任何選擇，就只是當下的決定，豐富了個體有限的歷程。

南方澳，尛。小船、小人數外籍漁工和小船東，大異前鎮漁港的「大」。

都是選擇，選與被選；都是勞動，全為生活。

選項多，經濟自由，理當快樂？

某年今日選擇少的我，冀望日後仍是初心的漁港阿明。

飄飄何所似，天地一沙鷗。

擇吾所擇，度吾餘日，足矣！

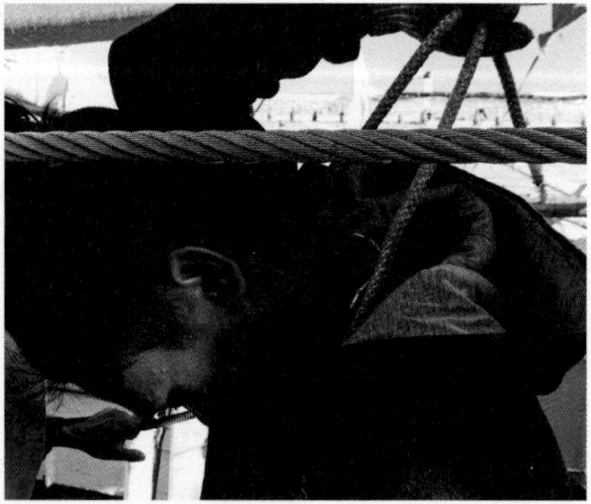

三百A

該如何說她？

常看到她，二十幾歲左右，白白淨淨，背微駝的纖細身軀，揹個小背包，入夜後像鄰家女孩般，踽踽獨行於偌大港區。

夜晚，三個窮極無聊的爸爸桑，又溜班在素珠自助餐店裡飲酒鬼混。

我問阿壽：「常看到她，這麼晚了，獨自一個女生，不怕被強去喔。」

他露出詭異笑容不語。

一旁的Jeff喝了口酒，哈哈大笑：「一炮三百，要不要？我幫你介紹。」

啊林老輸咧！一炮三百元？

我愣了超大下：「不會吧！」我指著對街超商前，兩個坐著和外籍漁工瞎聊的越南妹：「大顆仔細顆仔（大胖子、小胖子），比她老又肥，一炮都要一千元了。」

阿壽嘆口氣：「大家都叫她『三百A』，就住在我家附近，一家人好像都有點弱智，據說是臺灣人娶大陸妹生的。」

雖說漁港大都是弱勢族群，五分十色人等，我早就見怪不怪，但這等「貨色」，一炮才三百元？

哪可能！

Jeff跳起來：「幹！不相信，我去叫來。」

酒精作用下，他情緒激動追上前，只見遠處兩人對談起來。幹！林貝早就陽痿了，別作弄我，這種鳥事，明天全漁港都知道。

風中迴響一：「怎那麼久？」

風中迴響二：「她對臺灣人有戒心，不太理人。很多人都會作弄嘲笑她，她都眼神直視不理，除非外籍漁工口音她才搭理做生意。」

風中迴響三：「在哪？」

風中迴響四：「船上啊！」

幹！船艙寢室超小，還上下鋪，人員同時進出都有難度，怎麼搞啊？

終於他們聊完走回來，她怯生生地坐在一旁不太說話。Jeff盛了碗火鍋料給她，她推說不餓，再三催促下吃了一小碗。

我們問了她家庭狀況，她說父母都是臺灣人，她要工作養家。近看說話時，除了嘴角會不自覺輕微抖動，其餘完全像個正常人。對話時，太長的話她似乎會不太理解地接不上話，但簡單句子還算流利。

Jeff再三追問，只知她領有社會補助，話鋒一轉又說目前沒有，續問她，又不知所云。

老生常談，Jeff提醒她，要戴保險套，外籍漁工很多有性病，要懂得保護自己，才賺這麼點錢，看醫生都不夠。

她像是喃喃自語，只幽幽地說：「他們都不戴。」

夜晚經常看到她，我光憑昏暗街燈下的身影就知道是她。外籍漁工對她狂吹口哨，爸爸桑用臺語嘲弄，更有不少臺灣人直喊：「三百Ａ！」

她都自顧自的走路，除非外籍漁工向前攀談提價錢，她才會停下來腳步，溫柔地挽著對方的手，遠看像是對小情侶般。

我酒一喝常食指大動，快門按個不停，對她，我是一張都沒按。知道她們這種工作性質對鏡頭敏感，側面得知她的情況後，就更按不下去了。

談話持續著。因Jeff和她較熟，她較願意開口，主要是他會幫她向外籍漁工推銷。我們都跟她說三百元太便宜了，指著對街的兩個越南妹說：「她們老又肥，都要一千元。」

她愣了一下，停頓稍久，低聲回：「一百元，我就有飯吃了。」

彷彿扔了枚炸彈，我們互望幾眼，超級無言，只好舉起杯繼續喝酒。

酒精作用下的阿壽看了不忍，慷慨的老毛病又犯，掏出五百元塞給她，轉身走到港邊尿尿。

她收了，追上前迭聲喊：「爸爸桑！爸爸桑！打炮！打炮！」

漁港人，都叫她「三百A」。她完全不懂公關，始終獨來獨往，不和臺灣人打交道，專業於本能，薄利多銷賺外籍漁工的錢。

兩個越南妹臺灣待久了，國語溝通沒問題，且擅長公關，也和多數大陸籍幹部熟悉，偶爾帶些吃食與超商前群聚的計程車司機交際應酬，和他們打打小牌建立交情。

我一直狐疑，就青春的肉體、外貌和價格而言，越南妹哪來的競爭力？

離奇的是，我和我船上的外籍漁工戲言，三百A是美女。眾外籍漁工竟齊聲回：「Saidei!」（不好！）

不都是肉，有洞就六十分，好歹也是女體，不是塊豬肉，靠岸有得搞還挑？

語言不通，問不出個所以然來，外籍漁工只回我：「too louse!」、「stupid!」

從陸籍漁工眾婊兄弟那裡得到結論：三百A床功差，越南妹一身好功夫且口技佳，不怕射不出來。

除了無言，仍是無言！

曾發生一件事，婊哥和越南妹交易後在超商前調情，竟調出火氣來，越南妹發火嘲笑婊哥陽痿。這下可好，動了火氣暴力上演，婊哥狠狠一拳揍上她賴以為生的肥臉。突來的舉動，驚動超商前眾家人馬，首先跳出來的是司機們，接著大陸人跟著向前，衝突一觸即發。

所幸，眾方心知肚明，超商上方監視器當前，叫叫囂囂推推擠擠一如立法院議事大廳諸公，兩造幾番一來一往黑臉白臉輪流扮，總算和平落幕。

幾分鐘後警笛大作，來了四輛警車，員警荷槍衝下車，派出所副所長親自帶隊。

漁港就這麼鳥兒大，或多或少都算「認識」，司機帶頭大哥拉副座到一邊耳語後，副座一臉正義凜然官腔官調，眾家庶民齊聲國泰民安，歌功頌德大有為的波麗士大人，給夠十足十面子。

公權力伸張的地方，who 怕 who，總統怕國父，和平落幕！！！

接著數日，此情此景淪為漁港閒嗑牙火紅題材，添油加醋自不在話下。

都是人，都在這小小地方討生活，相遇得到，相忍為錢勝造七級浮屠。

船離港前幾天，補給作業大致完畢，船公司發了零用錢，外籍漁工個個身懷「鉅款」。想當然耳，有錢就是大老爺，大都外出溜躂，乖一點的就在船上，甲板船梯前三五群聚，吃食和酒全不缺。

我扛了一箱海尼根共襄盛舉，外籍漁工爽到嗨。

照例，我拿起小相機，先合照再亂拍，拍完透過藍芽傳到他們手機，有的還上傳到臉書。其中一個外籍漁工突然站起身，對著岸邊招手。

幹！現場的來了？

是「三百A」，上船後我示意她坐在我旁邊，再次提醒她我是爸爸桑。

較通國語的外籍漁工，和她寒暄幾句後，直接切入正題，談價碼。

我帶頭喊五百，外籍漁工瞪大眼睛瞧我，大喊：「爸爸桑，三百啦！」

我堅持五百，怕他們以為我要抽頭，直接說給全部人聽：「拿給她。」

場面一時僵住，三百A不太說話。

換話題，繼續嬉笑怒罵，中英文夾雜打諢練肖話，國臺語加英語譙來譙去。

酒喝多，跑到面海的船舷繳水費，回來時三百A不在位置上，以為她離開了。不一會，三百A挽著外籍漁工的手從船艙回來，坐在我旁邊。

總算，有收入了，想也知又是三百。

她靠在我耳邊，一直說：「好臭！好臭！」

我心揪著，不知如何安慰她，倒了杯可樂給她。

果然一開市，生意絡繹不絕，她穿梭船艙忙進忙出，外籍漁工一個接著一個，不限於和我對飲的幾個外籍漁工。

船即將啟航，此去離陸地半年，年輕氣盛的少年郎，宣洩的豈止是肉身？

始終搞不懂三百A。

有時，她會和爸爸桑有說有笑，但下次見面時，又像是完全不認識。我曾試著多方示好，想進一步了解她，無任何目的，或許是舊職獵奇習慣使然，但更多的是關心。

有次，我獨自在航道邊踽踽獨行，正巧她走來，我拿了罐飲料給她。出乎我意料之外，這回她非常友善，坐下來跟我聊了好久，甚至告訴我她的真實姓名。

原以為她不識字，但她清清楚楚說明是哪個字，還會拆字，捉住我的手寫給我看，代表她真的懂。

先是抱怨壞人好多，自曝曾因偷竊被關進女子監獄一年，因壞人把東西放在她包包裡。也聊起她的同行，兩個越南妹，她說她們是臺灣人，因為會說英文，所以生意比較好。說著說著拿出手機，示範起中英翻譯的軟體。

我說她們是越南人，她不相信。我問她媽媽是大陸人？漁港口耳相傳的。她說不是，爸媽都是臺灣人，接著聊到家裡狀況，她有四個姊妹，其中一個夭折，小孩都領社會局補助，只有她被取消了，說是因為入獄關係。

爸爸養家？

「媽媽和我賺錢養家。」

「爸爸知道妳在漁港賺錢？」我旁敲側擊。

「知道啊！他說三百元太少，最少要一千元。」一臉驕傲表情，好歹自己會賺錢。

幹！

「他不拿錢回家？」我按捺火氣。

「他外面有女人，我拿錢回家。」依舊引以為豪。

幹！幹！

光聽就超憤慨。即便如此，只能再次提醒，價格要五百、戴保險套等等老生常談。

她默不作聲了好久。

我刺傷她了？有時真的會搞不懂她的邏輯。

「我被偷了兩萬多元。」她忽然吐出一句。

「蛤！什麼？」

之前聽她說過被偷了一兩千元，曾如放錄音帶般告訴她，身上帶一兩百元，夠吃飯喝水就好。

東繞西繞了半天，才知她將賺的錢，全放在小背包裡。先前也提醒過她，晚上在漁港走動，背包要放在胸前，別斜揹後揹免得被搶，怎會又被偷了一兩萬元？原來她工作時，背包放一旁，回到家裡才發現錢全不見了。

告訴她，要去開戶，錢存銀行。她竟然不知如何開戶。不會吧，明明識字啊！再三反覆教她如何開戶，提醒她密碼誰都別說，包括她爸爸。

隔天又碰到她，不知她還記不記得我？提到開戶的事，她才似乎想起，說還沒有，也不會。日後再碰到，我又是路人甲，她連開戶的事也都不記得了。

我，完全被打敗。跟阿壽小抱怨了一下。他誤會我意思，以為我對她有意見，安慰道：「大家都在這討生活，多體諒！」

我本意只想多了解，看是否有管道可以幫上小忙。但他說的不無道理：「別想太多，想幫忙的一定很多，但還是一直維持原樣，一定是有無法解決的問題在。」

好長一陣子沒看到她出巡，好奇問了超商前的計程車司機，這些人每天傍晚後常聚在這裡，漁港大小事問他們準沒錯。

有一說，她跑到火車站附近進修了，那裡價碼較高，行情一千元起跳。另一說她中標了，被外籍漁工入珠的陽具弄傷，暫時做不了生意。

眾說紛紜，誰也無從查證，也沒必要。漁港，什麼都見怪不怪。

有一回，趁顧船空檔我偷溜到較遠處吃自助餐，吃著吃著對面來了個濃妝豔抹、風塵味十足的女人，猜也知是特種行業的女人。繼續吃我的飯，吃完要離開時，剛好她抬臉打了個照面。我嚇了一大跳，竟然是「三百A」。

眼前的她跟之前鄰家女孩的模樣大相逕庭，進修的結果就是外貌穿著愈來愈風塵味，愈來愈專業化的「賣身」。

唉！

陸續又傳出消息，有個爸爸桑包養她，買衣買包兼美髮美容，全身更加「女人味」，完全不是我印象中鄰家女孩的清純模樣。

每偶遇一次，心就揪一次。

巡港，幾乎是她傍晚後的例行工作。照理說，淡季時幾乎沒船，也沒外籍漁工，她根本無錢可賺，沒必要四處遊走。或許，某層面和我一樣，因為太閒時間太多只好逛逛漁港，即便什麼事都做不了，就只因為不想待在家裡。

時間也分階級，有些人的時間就是不值錢，一如我一樣。卻又公平，就是想方設法填滿各自有形無形的生命缺口。

職場時我常哀怨，拿生命換取生活。如今，除了時間仍是時間，每天睡醒不知幹啥，惶惶不可終日，或可說生活沒目標，但目標又是什麼？兩相對比，至少她目標明確：賺錢。她攢錢，我攢啥？

外籍漁工，目標也清楚，離鄉背井打拚改善環境。漁港的底層臺灣人？

看過一些老人，依附在這漁港生存，十幾個小時工作，賺個幾百元，還要忍受同為臺灣人的排擠和爭鬥。有時愈深入愈了解愈心寒，捕魚吃魚好歹有個行情價，人吃人就見血見骨，端看有多狠。漁工，至少還有族群和契約保護，再怎麼受虐待，群體就是力量，至少還能反彈和談判。

她，陸籍大副直接叫她「小白」，外籍漁工提到她，眾口皆說：「saidei」，英文稍好的說：「too louse」。

詳情不明，都是轉述，總不能叫我花錢驗證，學其他爸爸桑包一陣子，帶她進進進出出，翹班載她去 motel。

據轉述，包養她的爸爸桑東窗事發，被鄰船同公司的同行檢舉，遭船公司開除，換上告密者的朋友代替，他還每天抽一百元仲介費。

一次，和越南漁工在船邊喝酒提到她，懂國語的其中一人驕傲地說：「我們十個人，一千元。」殺價理由：剛靠岸，大家都沒錢。

白天熱鬧喧囂，傍晚後就只剩外籍漁工在港邊 jialan jialan（閒晃）。

昏黃路燈下，纖細身影仍在「遶」境。

人如遊魂，如天上星，乍看緊密，實則疏遠……

蒼涼

夜晚
漁港
燈火輝煌
漁工
百般寂寥

有錢時
上岸逛逛
或呼朋引伴拙菸劣酒
揮霍的是青春，不是錢

阮囊羞澀時
艙房眺望
或聽聽音樂
沉澱的是想望

互為文本
交相顯赫

六盈信
N YING NO.6

漁港的大陸船員與臺灣女人

大陸船員是最受到船公司喜愛的漁工。同文同種，兩岸一家親。

留下來的大陸漁工，大都是待了一、二十年的老船員，語言能通，又熟悉海上作業，委任為幹部負責第一線，管理語言不通的外籍漁工。大陸漁工薪資愈來愈高，但也所剩無幾，整體薪資的總成本還是降低，用來聘用低薪的印菲漁工仍屬划算。對陸幹，漁公司通常禮遇三分，別太離譜公司都會睜隻眼閉隻眼。說來說去，都是為了錢，為了成本考量。

大陸漁工領月薪美金一千元以上，我也是領一千元，只不過是月薪和日薪，臺幣和美金。雖說如此，大部分陸幹並不是很大方，一起喝酒時，通常吃喝完拍拍屁股就走人，不會搶著付錢，臉皮薄一點的會拿些船上的少少漁獲回饋，但依舊不是花自己的錢。

年輕力壯的船員，常年在海上漂蕩，船靠了岸，性慾需「孔」甚急在在也都靠孔方兄緩解。漁港的男女關係相當直接，論次、論時間、國別、方法，一切都可談，還有批發和零售，就看你的口袋裡有多少錢。所謂批發，就是專人專用，隸屬私人產權。

臺灣女人，單價最高。有人為了一段「關係」，幾年下來花費兩三千萬臺幣以上，雖屬大腕級，也可能是單一案例和傳奇，但這種特殊性關係讓臺灣女人日入斗金成為可能。

有一個專做「批發」的臺灣女人，捉住大陸人想搞臺灣女人的心理，專找大陸籍漁船幹部，一個換過一個。這也算是以某種形式促進了某種程度的兩岸民間交流吧。

某次酒酣耳熱之際，她驕傲地展示手機裡的影片，給陸幹和我們這幾個爸爸桑看，她的大陸男人出海捕魚時透過衛星電話表真情的影片。影片中的他看得出來喝茫了，反覆地喊著：「老婆！老婆！我好愛好愛妳。」據說，訂了婚，他拿出數十萬元讓她開店。

她對我們這票爸爸桑算很客氣，主要是阿壽在漁港人脈深廣影響力大，我也跟著沾了些光。有個大陸籍的中年二副，也曾是她的「金」（精）主，跟我同一艘船，所以我們也算熟識。他們在一起的那段時間，他不是開口跟我借錢，就是把我當計程車司機隨call隨到，載他到她所在的地方。

有次到了一家KTV，一進去人聲鼎沸好不熱鬧，現場一票小兄弟正在盡情歡唱，她正像個大姊頭般在教訓兩個不受教的年輕人。裡面的一個未成年小朋友，不斷強調他未滿十六歲，真要殺人越貨什麼的，了不起進少年感化院而已，沒在怕。少年ㄟ，勇氣不是這樣用的，我希望你真的只是耍嘴皮吹噓而已。

而這大陸二副不太喝酒，只靜靜地坐在一旁陪笑臉，跟個二愣子一樣。看似天地有情，人間有義。卻在休假離臺返國的前一晚，把行李全往我的車上塞，還要我配合演出，對她說謊，他當晚就會搭機離臺了。只因為隔天，他在澎湖七美的老情人，菲律賓籍的看護會來機場送機。

大陸船員靠岸時的溫柔鄉，也同樣不只一個。

她，姿色平平，略胖，說是豐滿吧，也三十好幾，眾人皆知她的底細，卻老是有不知死活的大陸人飛蛾撲火，一個接著一個。

有個平常愛吹噓的大俥，號稱自己是全漁港收入最高的大陸船員，每月四千多美元。酒一喝就說船老闆多器重他，時不時就塞紅包收買他，要不就炫富炫家世，炫他父親是書記，老婆漂亮，兒女優秀。

一次她來船上找他，酒酣耳熱之際，她進入他的大俥個人艙房，接下來就是老戲碼……虧他還是老船員了，好酒好色就算了，還不長眼往坑裡跳——事後她指控他強姦。

在漁港，有標價錢的女人，零售或批發，雙方談定就萬事

ＯＫ。強姦，在這裡類似的事件層出不窮，通常要花個數十萬才能擺平，端看雙方的手腕和勢力來喬價碼，但這是臺灣男人的情況下。民進黨執政後兩岸關係變得敏感，這樣的「性」事要是鬧大上了媒體，「大陸船員強姦臺灣弱女子」帽子一扣，一面倒的輿論會讓事情更棘手。

問她，她強硬地表示：「兩腿開不開是我的事，過程不重要，我沒答應，他用強的進去是事實。」

她找了些兄弟，全天候守在岸邊等他，他嚇得不敢離開船一步。

船是私人財產，岸邊才是公眾場所。敢上船鬧事，依法可以報警直接帶走。

她也不是省油的燈，一切按漁港解決紛爭的ＳＯＰ來處理。她動員了諸多黑道出面，這大俥也夠機靈，找上阿壽幫忙處理。

靠阿壽黑白兩道的人脈與對方交鋒數回合，喬了再喬，這件疑似「性侵」，總算以四萬元告一段落……但，還沒落幕。

事後，居中協調的黑道「大哥」說沒拿到四萬元，這讓她把事情愈鬧愈大，背景更硬的大哥一個接著一個出面。也不知哪來這麼多的大哥，最後出面的大哥剛好是阿壽的舊識，把人兜齊面對面對質，這時圍事的其中一個才承認有收到四萬元，只是喝多忘了拿出來……

不論真相如何，至此，這件事才總算真正的解決了。

她曾經在漁港經營連鎖店，後來被總公司收回直營，這讓她很不甘心，三不五時就慫恿大陸人前去藉端尋釁。當然，一定會有自告奮勇的大陸人為她出頭。

連鎖店也不是省油的燈，你鬧事我就叫警察來。這個大陸老兄喝多了，又仗勢現場的大陸船員多，不斷地咆哮挑釁，還出腿亂踢來現場處理的漁會保全員。

混亂中大腿不長眼，踢到一旁勸和的年輕警察下陰，他痛

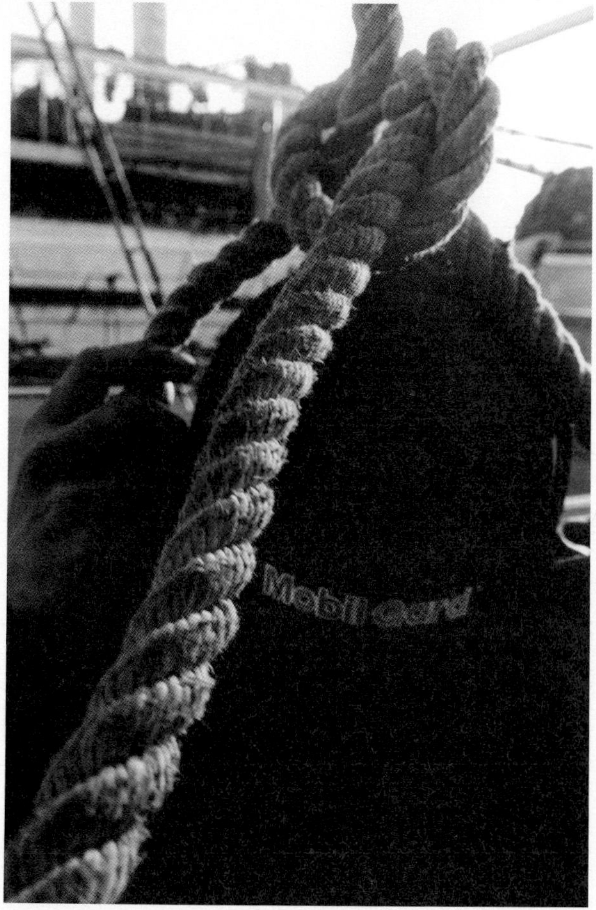
Mobil Card

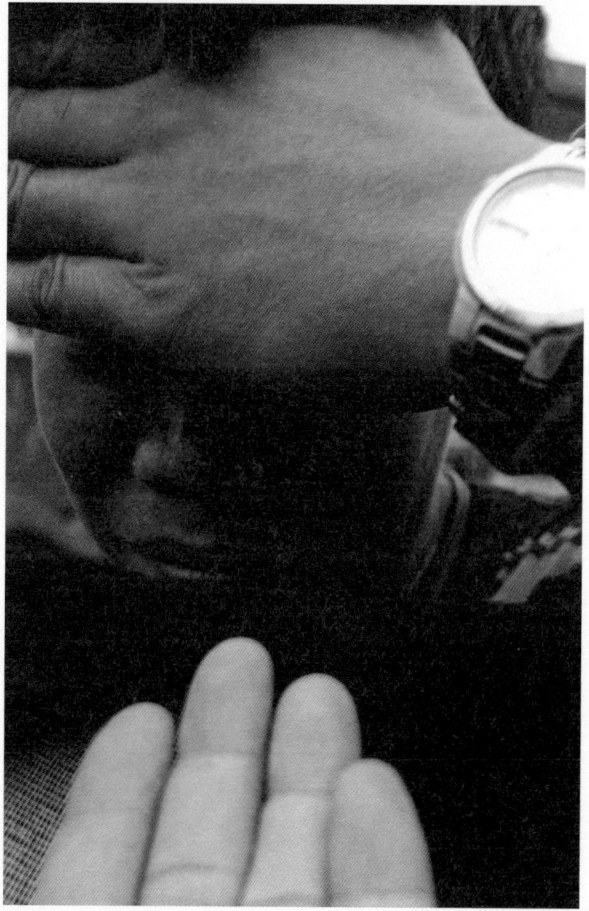

到蹲在地上。此時支援的警網剛好到，一下車就將這個大陸老兄壓制在地。要不是店前有監視器在錄影，這些警察對鬧事的外籍漁工下手可不會這麼客氣，不先假藉執行公權力之名，拽到鼻青臉腫癱倒在地上才怪。

派出所副座也來到現場，性格海派的阿壽見狀，仗著彼此都認識，趕忙說是誤踢，周邊大陸人也跟著出聲證明。漁港講究認識三分情，潛規則更是大事化小、小事化無，盡量息事寧人。幾番折衝後，以誤會和道歉了事。

但接下來幾天，這個大陸老兄成了英雄，敢踢警察下陰，帶種！大肆膨風的結果，誤踢被嘴炮變成故意。底層的人都是如此，誰敢對抗警察，誰就會被歌功頌德成為英雄，但真正碰到警察時又變回成一個俗辣。

三天連假上班的第一天，我就被這個大陸老兄連環十八扣，手機響個不停。跟現場的報備了下，騎機車趕到他船邊。只見他苦著一張臉，和一中年婦女小聲談話，其他人都避得遠遠的。

根據打混漁港多時的經驗，先不介入，在一旁觀望了解情況，一旁熟悉的臺灣技工說她是船公司的會計。看來情況不妙，通常會計不會親自來現場。打了電話給阿壽，他馬上趕來，和我趨前了解狀況。

「明哥！」他叫我，轉身對婦人說：「我朋友，報社記者。」然後指著阿壽：「海關的朋友。」

先聲奪人，是吧?!夠機伶！

原來船公司要他立刻捲鋪蓋走人，因為這個大陸老兄生性好鬥又愛欺負人，打架滋事是常態，公司早就視為頭痛人物。只因他是老船上的二俥，對機械常出的哪些狀況熟門熟路，船航行海上萬一故障，他多能現場排除，不用為了芝麻綠豆小毛病影響作業，甚至專程返港修理，全都為了運作正常而隱忍再三。這次誤踢警察的事情讓船公司痛下決心，但又怕他在輪機上動手腳，臨時告知他將被遣返，來個一了百了。

會計對我們再三解釋，說是漁業署下的公文，要他馬上離境，公司也無能為力。

公家機關行文哪可能如此快速，為了這種小事，休假日連下公文？這擺明了就是藉口！

阿壽抓住重點問：「公司還有機會讓他再回來嗎？」她說公司也做不了主，將問題推給公家機關。

折騰半天，會計當下給出結果，一筆勾銷這個大陸老兄一兩萬的借支，另外再給他一萬車馬費回大陸。

事情已成定局，他將假槍丟入海中，囤積的十幾條免稅菸送給阿壽，再三交代阿壽要幫他報仇，找人修理和他起衝突的漁會保全員。

船員個性本就強悍，帶點江湖兄弟草莽氣息，容易惹是生非。我的個性則較懦弱，逢人遇事選擇消極以對，吃點悶虧自認倒楣就算了，不想因為焦慮賠上自己心理健康。我也常勸阻阿壽別再替船員強出頭，給自己惹麻煩。我們這些土生土長，年紀又大的歐吉桑，哪兒都跑不了。

船員來來去去，臺灣船不能跑，大陸船也能跑，到哪兒都有船可以跑，可以生活。一起喝酒時，講義氣論英雄，真要出了事屁股拍拍一走了之不再來臺，換個不同國籍的漁船照樣過日子。

這樣的事，漁港裡一直都有。

振宇柒號
CHEN YU No.7
8-0046

渺小

體型孱弱的人類，和碩大的遠洋漁船、海港設施一比，大小立判。

小歸小，卻又是龐然大物的主宰者。

科技，建構起當代文明社會。

但每人都一體適用？

人與人之間，有形無形的隔閡，科技能代勞？

或將無解。

人，大自然中，最不自然的生物！

素珠自助餐

入夜後漁港轉角處的超商，旺季時人聲鼎沸，一如鄉鎮的廟埕，成為船員社交的中心。最多的是東南亞裔，也有少數南亞、非洲和大洋洲人，如同小小聯合國，各種語言都聽得到。超商內的店員，多少都會點英文，待久了的老店員，也會幾句印尼語。

超商外，一如四處可見的超商都擺有桌椅，各方人馬依國族而坐，喝酒吃食隨時可見，偶爾也有大陸人賭賭「炸金花」，計程車司機等客人時，也比比「十三張」。

兩個越南妹，更常穿梭其間，不會花枝招展主動攬客，反正老鳥心知肚明，意者自己會接觸談價碼，行情價為一炮一千元。

偶有外籍漁工喝掛席地而睡，警車停在對街一旁，防止船員打架滋事。

人潮就是錢潮，此時臺灣人也蜂擁而至，賣電話卡、換美金和收購漁獲，新住民擺攤賣賣同鄉小吃，也有幾輛發財車繞巡港岸，叫賣些吃食和冷熱飲，擴音機傳出的是道地臺語。

不知情者初來乍到，可能認為此處商機無限，但漁港人都知道，熱鬧也只有三、四個月，其他月分入夜後，漁港宛如死城，人影寥寥無幾。

超商對面的素珠自助餐店，除了做漁船的外送便當，早午餐也有臺灣顧客。我們私下都戲稱為素珠「大飯店」。

漁港以男人為主，如同大多數藍領場所，女人通常跟著熟識的人一起工作，大都為丈夫、親人或鄰居等等，工作完不會出現在漁港，特別是男人的酒攤。

自助餐店沒有老闆，只有像男人的「女」老闆素珠。在這出入的男女，也不視「她」為女人，特別是腥羶色的話語，根本不會避諱。素珠訐譙起來，俚俗和專業的各式粗話，即便男

RECOVERY

人也難望其項背。有次她在店前路邊辦尾牙時，民意代表上臺致詞，就公開盛讚她為女中豪傑，說話像男人。

一介女子在這大都為男性的場所，特別是沒父兄等男人支撐情況下，周旋五光十色人馬，能生存下來多少有幾把刷子。在這出入的男人，上至船公司老闆、生意人和各方關係人，下至販夫走卒、顧船的和有路沒厝的底層，沒有三兩撇手腕早就倒店了，還能屹立二十幾年，旺季時一天便當量高達二千多個。船員三餐就全靠便當，颱風天除夕夜照樣都要送，這和一般吃食店較不同，全年三百六十五天無休。

漁港有其次文化，最受歡迎的就是豪爽。豪爽有諸多定義，出手大方理所當然受歡迎，主要是在個性：海派不計較。白天最常見的場景：一桌人圍著長桌喝酒，個個都是國畫大師，天南地北畫唬畫爛起來，足以風雲變色日月無光。從沒看過泡茶聊天，有的是從早到晚各式含酒精的飲料，常見戲碼為互相吐槽誰又被開酒駕，次慘的是自撞，最慘的為肇事撞傷人。

素珠老闆生平最大志願，就是想客串一角演媽媽桑，她以一口道地紅毛港腔為傲，尾音加強重音「大」。她真的是標準的媽媽桑，根本不用「演」，我常鬧她全裸時，身體要打馬賽克，避免寫真集狂銷猛銷，因為女人從此都開始超有信心敢於出寫真集，可能還吸引日本跨國求「材」，主要虧她前不凸後不翹的身材。

工作空檔，她就是大家的媽祖「婆」，本地最受歡迎的陪酒女：「郎客倌喝什麼，她就跟著喝什麼。」完全不囉嗦，一天可以混四、五種酒以上，印象中我沒看過她吐過，最多就是趴在櫃檯後打盹。

這張臨近路邊的長桌，可坐七、八人，鎮店「主桌」，各方人馬酒聚的主戰場，日夜從沒寂寞過。夜晚幾乎是外籍漁工的聚集地，也發生過外籍漁工大打出手，監視器拍到的畫面精彩絕倫，不亞於武打片。

漁港不興論資論輩，最常聽見的是：「好野細恁刀Ａ代誌，軋林貝完全沒搞吵。」（有錢是你家的事，跟我完全沒關係。）

眾生平等？屁啦！有人就有階級，ＯＫ！

在這遞名片談頭銜，絕對沒人鳥你，也不搞哪行哪業或身家財產這套。酒攤中有人認識你，通常會被邀請，坐下來喝一杯湊熱鬧，不太會問東問西，反正就練酒話。

潛規則：坐下來是門學問。通常「階級」不差太多的，才會湊過去。

常出現的「丐幫」算是例外，這類人沒啥深交，就常出現只數面之緣，有人飲食喝酒時，就湊過來套交情拉關係，希望吃個免費餐酒，特別是在晚上時。

長桌會，「門當戶對」其次，有來有往才是先決條件。像我這種顧船的，通常白天不坐在這，人微言輕安分守己，卯起來賺自己的一千元。就算被力邀坐過去，我也很安分地看酒快喝完時，知趣地溜到隔壁檳榔攤買菸酒。

有來有往，大家都沒話說，不是計較，而是營造氛圍，代表我非占便宜討酒喝之輩。

我常自嘲白天這是貴族攤，我和爸爸桑、大陸船員的夜晚攤，謂之「賤民攤」。

就路邊攤而言，花費沒多少，花不了一兩千元。「貴族攤」場合通常平等互惠，較不會讓我和阿壽獨資；打烊後的「賤民攤」，苦主大都是阿壽，我和部分大陸人也常會互請。最多的就是不認識，或跟著坐過來的大陸人，說難聽點叫吃國民黨的。咳！不對，應該改成吃「共產黨」的。

老闆娘一爽，三不五時也常請客，專打游擊的「丐幫」除外。這類要菸要酒要吃的人，到哪都有，並非漁港特產，通常不予理會，就會無趣地走開。

夜晚長桌，大都是群聚喝點小酒，吃食和烹煮較少。偶爾我會帶野營爐具吃火鍋，或外帶食物邊吃邊喝酒。

見面三分情，準備的量再多總是不夠，大陸船員不會獨自一人，通常過來都是一群人，熟人可能只有一兩個，準備再多永遠不夠吃喝。上道的，發現酒不夠，乖乖到隔壁超商拿一兩手啤酒。吃共產黨的才不鳥這套，反正吃喝完拍拍屁股走人，日後誰也不認識誰。

最扯的一次，我弄了鍋薑母鴨，和幾個較有互動的大陸船員聚餐。結果一群人圍上來大吃大喝，三兩下見底拍拍屁股走人，打麻將去也。原先在場的反而沒吃到什麼，我這「主人」超尷尬，只好擇日另請。

地點？當然不會在自助餐店，直接約好殺到船上吃。超低溫船通常有電有冷氣，沒必要窩在昏暗路燈下的長桌，免去不速之客的無謂困擾。

此類困擾不光是我獨有，雖說吃來吃去沒啥好計較，反正我人面不廣認識的人少，像阿壽和老闆娘在這混了一、二十年，熟人比我多的多。吃食時不叫不好意思，叫了有些人還會客氣，相當自制不會喧賓奪主，更多的是常主動靠過來，一養成習慣日後沒完沒了，甚至反客為主。

船進港，大都集中在一兩個月內，各船前後相差不到一兩星期，程序為卸魚、修繕和補給，歷時約二十天左右。這段靠岸期間，除了船員個人七情六欲的疏解外，也是各船船員之間的同鄉會。船員之間常有兄弟、親屬等血緣或朋友關係，通常一個拉一個。航行海上時各蹲各的「海牢」，一靠岸聚聚會互通消息拉攏感情，交流各船的狀況，也難免互相比較各船的生活條件，以及與幹部的相處情形。

同鄉之間的薪水變化不大，反正按行情走。但船上幹部的管理和態度，可能就南轅北轍了，日子過得也可能大不相同。碰到較拚的船長，滿載的結果就是做死累死，也只能大喊

Saidei！

大方點的幹部，或漁汛較差時，同樣一天二十四小時，漁工待遇情況可能完全不同，有的三餐之外，幹部給的福利會比較好，就是人人羨慕的 Saigo。印象中就有一年漁獲非常差，熟識的外籍漁工回來都胖了一圈，船公司幾乎艘艘賠錢，船長等臺灣幹部都只能拿乾薪。

雇傭關係，勞資方都有責任，不否認勞方是較弱勢，但好雇主和好勞工的結合，有時確實必須靠運氣。

長桌的酒友「阿利」，曾貴為船長，年輕時桀驁不馴脾氣暴躁，曾「搞」死過兩個東南亞籍漁工，還上過新聞坐過牢。

國家地理頻道一群金毛的媒體記者，來漁港拍紀錄片，遍尋不到願意出面的船長接受採訪。媒體一直是船公司的敏感神經，見諸媒體全是血淚剝削等負面新聞，惹來所有的船公司都能閃則閃，就算正派經營的船公司也避之唯恐不及，誰還敢大冒不韙踩雷區接受採訪？套句船公司現場的話：「生雞卵無，放雞屎有。」

只有阿利敢接受採訪，重點是，他早就不是遠洋漁船的船長了。鏡頭採用剪影和變聲處理，刻意模糊辨識度，非正式錄影時我拍了照，被死老外態度惡劣地阻止。神奇的來了，阿利開口撂英文道：「My friend!」

不少電影電視也常來這取景，但僅止於岸邊拍拍，或捉幾個外籍漁工當臨場演員跑跑龍套。上船拍只有一次，據爸爸桑說是透過小老闆的同學關係，還特別交代別說出去。一連拍了三晚夜戲，發電車燈光道具等陣容龐大，人數眾多。混在漁港拍照的我，當然不會錯過這「題材」，跟著上去湊湊熱鬧，還好我也是爸爸桑之一，拿的又是小型口袋機，不起眼的小人物之一，被劇組詢問時，我只說很少看到來拍電影，我隨便拍一拍純好玩，只被交代不能公布出去。

也有臺灣的記者透過朋友找我，說要來做深入的外勞剝削專題——深入你個香蕉芭樂啦！人云亦云，遠洋漁船的船員問

92

題，不容否認存在改善空間，但就我是底層和外籍漁工鬼混的感覺，叫「剝削」太沉重。控訴太容易，實事求是挖出問題，體制內共謀勞資雙方共識，對外籍漁工才有正面幫助。

勞動條件包括薪資、仲介和環境等普遍現象，確實都有檢討的必要。但媒體嗜血性的放大少數個案，行集體意識式的排山倒海圍剿，特別是非深入性的道聽塗說，完全沒必要。

如果只是工作環境惡劣就叫「剝削」，那臺灣的藍領也可列名其中，包括我這孤苦無依的爸爸桑。

就有人質疑我拍的漁工照片，為什麼看不到媒體形容的「苦狀」？

我只是體制內最最底層的臺灣臨時工，無意也無能造假，接觸的就是這種面貌。

或許能解釋的原因有兩種可能：

一，我被船公司收買。可能嗎？我完完全全閃躲船公司的人員和船長等幹部，唯一能短暫接觸的「長官」，只有船公司的正式職員「現場的」，能立馬開除我的船公司基層員工。

二，可能這裡的遠洋漁船公司規模較大，比較不敢胡作非為，不像近年沿海的漁船，船老闆大都為家戶式或幾個人集資，為降低營運成本，幾千幾萬元小錢省過頭，而這通常成為見諸媒體的剝削外籍漁工素材。

漁港一直讓我覺得「自在」，所以潛意識作祟才讓我拍不出外籍漁工的悲情？

幹！身為體制中的一員，即便再微不足道，行走其間仍好處多多。而這，也是我廝混於此的動力之一，反正後中年歐吉桑的我，閒著也是閒著，有地方去，有人可以混，夠幸福了。

別人眼中的我？

關我屁事，各自對號入座囉！

胼手胝足

猜猜，外勞之手？本勞之手？
心，無法臆測，遑論心連心。
手，目視可得，執子之手？
這雙「黑」手？

人有兩手，十根手指，五倍的大手。
只有一心，兩房兩室，四倍的心臟。
再不濟，心手並用，左右手撫慰四心房相互取暖。
人底，啥時執子之手，與子偕老？

試想：人類浩劫。
人「種」進化為同理「心」？
絕非善惡貧富等等的簡易二分法。
求「牲」的諸多諸心……

答案：
本勞之手。令人動容！
臺灣人逐漸遺失，先輩胼手胝足的硬頸精神。

難得，漁港來了位知名的阿米斯藝術家。

「二十幾年前，我等當兵，同鄉介紹來漁船當車間小工，印象最深就是手掌紋磨到完全不見，我常自嘲是五車、六車。什麼都不懂，連買個日用品都被騙，特別貴，特別爛。海上空閒時辛辛苦苦晒了些魚乾，靠了岸還被海蟑螂拐，用最爛的價格收走。」

「還好你離開，要不臺灣就少了你這位重要的原住民藝術家了。」大家安慰他。

「同輩的很多都離開了，為了挽救家人關係，乖乖回到陸地做粗工，留下來的也都是大副或船長了。」

他起身，拉了拉甲板粗重的纜繩拍了張照，回味年輕時的海上生活後，仰首望了望遠方高聳的天車，良久！良久！

眾人，沉默著。

勸酒聲中，打破低沉氛圍。

往事已成空，還一如夢中。至少，他還能衣錦還「船」時，保有嘆氣的權利，幸福！

這時，腦際迴響起爸爸桑酒後，不堪回首月明中的呢喃：

「少年不會想……」

錯！錯！錯！

莫！莫！莫！

醉醉醉！！！

如煙

外神通內鬼

良辰吉時
漁港熱鬧非凡
鞭炮聲中
不少船陸續出港拚滿載而歸

敬天敬地敬鬼神
有拜有保庇
燒紙錢還要老外代勞
新臺幣要不要也給老外「袋撈」？

仔細想想也合理
出了海域就是國外
說不定「外」神更靈
老外經手的紙錢說不定更好用
地球村
環球貨幣是也

第四篇

遊戲人間

海，承載七情六欲，隨波逐流本就常態。
漂泊人，漂泊海，漂泊「性」。
漂洋過海，歸航奮力拋錨緊繫陸地，
但即便再多的錨鍊錨索，終究仍是七情六欲的浮萍。

逢場作戲

伴，大海為伴，船頭走到船尾；悶，都悶出憂鬱來。

靠了岸，乍看豁然開朗，壓抑的欲望完全釋放，能再壓抑的，就只是口袋的深淺。

只有缺過，才知擁有的可貴；缺愈久，滿足感愈大，然後呢？

原欲，終於有了機會，不再靠雙手，希冀女體澆灌。

錢不夠，擁擠的艙房，數十分鐘的發洩場域。

錢夠，選擇能力就自由，找個伴，有張安穩的床，共享體溫。即便短短一、二十天，肉身的伴，逢場作戲的伴，也是短暫的心靈慰藉，也都是伴。

一段關係一場伴，來如春日幾多時，去似朝雲無覓處。

海，承載七情六欲，隨波逐流本就常態。

漂泊人，漂泊海，漂泊「性」。

漂洋過海，歸航奮力拋錨緊繫陸地，但即便再多的錨鍊錨索，終究仍是七情六欲的浮萍。

希望值

漁工臉書上的PO文，臉書大神的翻譯。

ini yg dinamakan birunya cinta, klo uda ada segini berbagai macam cinta datang. mudah mudahan cinta NENG bukan karna ini ya neng.

這叫「藍愛」？如果有這麼多的愛，所以希望能忍能忍能忍能忍。

漁工臉書配的照片，一大把新臺幣。

愛的希望值？

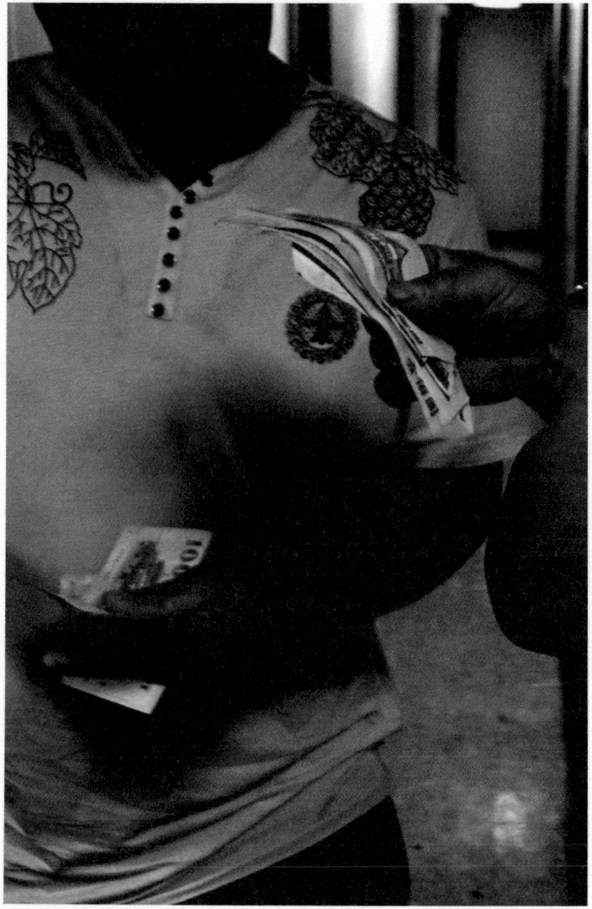

以攝影之名

倦怠！

連續與漁工共處二十幾天，常自問：「所為何來？」太多的睡眠不足，太多的菸酒，太多的自我質疑……

以攝影之名，行什麼之實？

倦怠了數十年的攝影，因為漁工題材，讓日暮西山的我「活」了起來，貧瘠蒼白的歲月，終於有了個小小動能。

但，仍不踏實。揮之不去的背向神思維，荒謬頹廢虛無，負面能量始終如一，就是無法積極面向神，自由選擇責任，充滿正面能量。

個性決定命運，自承我這輩子，老搞不懂自己。

唯一自我救贖之道：及早放棄搞懂。

起霧

朦朧的豈只是水氣？
生命旅程中諸多迷霧
就只是趟旅程
誰看清、看透了？

應如是！
永如是！
不就只是張
one way ticket

顧船李的最後一夜

臨時工歐吉桑我，老是背骨不守清規，自不量力胡亂衝撞體制，妄想成為一代大俠馬桶不通另壺沖。

按規定，「爸爸桑」從船靠岸到離港，吃喝拉撒睡都必須在船上。

哪有可能？
無盡的疲憊，無窮的失眠，無謂的菸酒……
連最後一晚都超忙，酒攤忙。
船首甲板：菲律賓攤；船艙餐廳：印尼攤；船岸馬路上：臺灣人和大陸人的華人攤
攝影不累，喝酒好累……

同理心

目睭
靈魂之窗
正視，談何容易？
特別是涉及位階、族群、貧富等等時

同理心，侃侃而談眾生平等
另種嘴炮
投入對方生活處境
才稍稍算嗎？
不知道

板上大字：忍耐吧！

生命之書

離鄉背井海上漂泊
一年靠岸兩趟短短二十餘天
此趟也運回一具
生病亡故而凍存的大體
盡情抒發的豈止鬱悶？

酒後訐天譙地實屬人性
如同陸地外籍移工
幸與不幸端看遇見什麼樣的顧主

撈捕量的多寡
除了運氣還有船長的態度
碰到較拚的船長
滿載而歸通常源自於通宵達旦的作業
都只是十幾二、三十歲的大小孩
大都善良而純真
即便在原鄉也屬弱勢

討海人，無論陸地與海上，每個人都是一本「書」，幽幽生命之書，各自語彙的書寫和言說，都缺乏都市叢林能見度的閱讀。

幸福本源

錢，人類最偉大的發明之一。

錢，能滿足欲望，也能實現理想。

有形欲望能量化，容易「幸福」；理想無法量化，遑論質化，因為無形，較難書寫、言說和具體實現。各有各的欲望，有形vs.無形，靠大數據求最大公因數？

錢，如果不計本質，或許也能買到形式上的愛情、親情、智慧和能力等等。

貧窮線以下的幸福，目標明確，通常與錢息息相通；貧窮線以上的幸福，只能各自解讀了。

如帝俄小說開頭四句話：幸福的家庭，大同小異；不幸的家庭，個個不同。

或如哈代的詮釋：幸福，猶如死屍臉上抹胭脂。

更如同：人人心中都有個包法利夫人。

再加一欲：學浮士德交換青春肉體？

鋼筋叢林中，不也有著太多成功、但蒼白冷酷的「幸福」？和我同船十三天的年輕漁工，孤獨地坐在商（傷）人構建的「幸福」圖騰前，抬眼和正偷拍的我眼神交會，我點了頭示示意。

微醺的我，雖四處閒逛亂按快門，此時卻選擇默默離開。

那眼神，我永遠難忘。

他，漁工裡相對「貧窮」的年輕人，形孤影隻，很少和同鄉吃喝玩樂……

家，有種說法，疲憊心靈的最後堡壘。

但連鎖超商幸福圖騰的「家」，卻單一灰色，

俗麗的紅綠色塊，「真」人的落寞神情，

伊於胡底……

漏網之魚

漁網網魚，造就人類口腹之欲。
漁網網人，供疲憊身軀休養生息。
命運之網，心靈脫網空靈，幾兮？
網，一如人際網絡，逮獲了人之所欲，過濾不欲之物。
竭澤而漁，而愚，所獲即所失。
得失間，安身立命？
每個生命的終極課題。

第五篇

凝視深淵

距離，容易想像：體制內，絕對存在「弱勢」。
請相信我，國籍絕對不是唯一因素，
早年跑船的臺灣、山地船員，工作環境和待遇亦如同。
有好船員，也存在好船東、好幹部；反之，亦然。
容易接觸到的外籍幫傭和雇主家庭，不也如此？

跨國顧船

陸續顧船顧了三年多，熟悉到厭倦感油然而生，一度還把眾家兄弟搶之唯恐不及，因越界捕撈被禁港三個月的「肥缺」轉讓出去，被同行的爸爸桑視為傻子。

我這大半生所做所為，玩到一個程度就容易放棄，朋友眼中的欠缺「臨門一腳」。初始誓不承認，步入中年回視大半生，還真的有這麼點影子。

初心來顧船，不否認是為了外籍漁工攝影，拍到目前常覺煩悶，一堵牆卡在那無法穿越，總覺得玩不出什麼新意來。影像風格慢慢呈現，觀點愈來愈明確，早就擺脫初始的僵硬，但懵懵懂懂中似乎少了什麼，卻不知具體欠缺。

除了繼續按快門外，也看了些跨國移工等的書籍，特別是社會學門科。愈看愈心虛，愈不知該如何繼續攝影。三十幾年的職場攝影，技術早就難不倒我，期間的影像思維也翻騰不已，但總覺得「缺」、「不踏實」。

何去何從？

照理，我該滿足了。系列漁工照，臉書上獲得不少迴響，也有些許讚譽。中年歐吉桑我，終於難得有個去處，有點事做做填塞漫漫時光，漁港至少還有些許朋友可鬼混，不至於惶惶不可終日，到底還有什麼好抱怨的、好不滿足的?!

心緒來來去去，夜夜難以入眠。

苦悶之際，因緣際會降臨，恰巧有船公司要找個爸爸桑到泰國普吉島顧船。

去泰國顧船？那不就變成跨國漁工，和漁港的外籍漁工一樣？

這，好像有點玩頭，剛好填補了我這玩票爸爸桑「生涯」的縫隙，來去體會體會外籍漁工的心情，試試自己當個外籍漁工的斤兩。

「拍什麼外籍漁工，有種去當外籍漁工看看……賤命一條，有什麼好怕的……」自己激起了自己來。

再三心理建設後，回歸實務面探聽了一下，臺灣船停在泰國普吉港海域中，需要臺灣人在船上顧頭顧尾。同樣不需做什麼事，就是顧船而已，有狀況時通知當地代理商處理，為期兩個月薪水十一萬元。

幻想連篇：海上無水無電無人而且不靠岸，獨自一個人，正好考驗自己……帶齊筆電和蓄電池，一圓年輕時的文青寫作夢，別老是找藉口不動筆，正好逼自己寫些東西來……再帶個小相機弄個小腳架，跟上當代藝術潮流，船上來玩玩觀念攝影，如同學生時代亂搞 8mm 實驗電影，探討年輕時屁也不懂的生命意義、人生困境等等……船上當背景自拍自導，說不定能搞些新玩意出來，突破目前漁工攝影的困境……

人因夢想而偉大，雖然林貝早就夢遺留在遠方，老來有機會重振雄風，傻子才會放棄。

但，一個人？危不危險？雖是爛命一條，好歹也苟延殘喘得滿爽的。

安全面充斥腦際，但之前也有臺灣人出國顧船平安回來，我深知同行爸爸桑的能力，面對陌生環境不見得比我強。好歹我也跑過二十幾個國家，有些還是鳥不生蛋的鬼地方，英文加肢體語言勉強還能溝通。他們可以，相信我應該也行，何況有書有電腦，獨處完全不是問題。

周邊的爸爸桑力勸我再考慮考慮，人生地不熟的單獨一個，跑也沒地方跑。又是孤懸海上的漁船，真要有狀況完全求救無門。

換個想法轉個觀念，別人去了能回來，安全應該無虞，不入虎穴焉得虎子，切身感受下跨國漁工的處境，對我的攝影困境應該有所助益。

機會難得，拚了！

憑著一股憨勁，我在漁港和船公司經理見了面。他一看我這「肖年仔」的表相馬上應允，給了個地址去公司和上層面試。

按地址騎機車前往面談，騎到離地址上的位置愈近，心裡愈忐忑不安。四周超荒涼，就一條三米寬小路，走到裡面還是泥土路，一眼望去完全沒房子和人跡，只有稀稀疏疏幾個貨櫃四處亂擺。

這是市區？船公司開在這裡？糊弄我吧？

我查了查 google 地圖，有這地址的標示，但現實就是找不到這個地方！

一條小路，全長一兩公里的死路，依著 google 地圖的指標來來回回繞了再繞，但就是找不到。打電話去，電話中小姐仔仔細細地指明，但繞了再繞還是找不到。

兆頭不祥？

約好船公司小姐在路邊招呼，總算找到地方。

咳！這是公司？鬼才開在這地方，倒像是個倉庫，也沒船公司招牌，兩公尺高的圍牆，很多監視器，這是……做黑的？心裡一直狐疑著，但既來之，則安之，跟著進去瞧瞧。

一進門，魚腥味撲鼻而來，進圍牆後的門前廣場鐵架上，曝晒著鯊魚翅，一旁開放式棚架裡，少數幾個人在作業。

超詭異！

忐忑不安中談了些普吉島的細節，不外乎工作性質、待遇等，基本上和漁港相仿，差別只是要到泰國和持觀光簽證入境，待到停留期效滿才回來，出國前先拿五萬五，回國後再拿剩下的錢。

感覺不妙！公司開在這種如此偏僻的地方，連招牌都沒有，還監視器密集架設，說有多正派很難相信。

終究還是不放心。萬一到了那裡，真要出事了，船公司要來個相應不理，無憑無據證明受船公司聘用，船公司絕對可以否認到底。不是我杞人憂天，漁港聽過太多暴起暴落的船公司案例，說倒就倒且花招百出閃躲債務，何況是我這種顧船的老弱殘兵。

透過關係找來去過的同行詳問，可能不熟或競爭，愛理不理、愛答不答的，感覺像是保留一手。

只說四艘臺灣船外海綁在一起，當地是個穆斯林的超小社區，非常鄉下，還好有個7-11超商可購物，有兩個當地的兄弟在船上，手機能通，離岸邊約一千公尺遠。我再繼續追問細節，感覺得出他語帶保留，我個性又不愛勉強人，就此打住。

算了！去了就知道了。

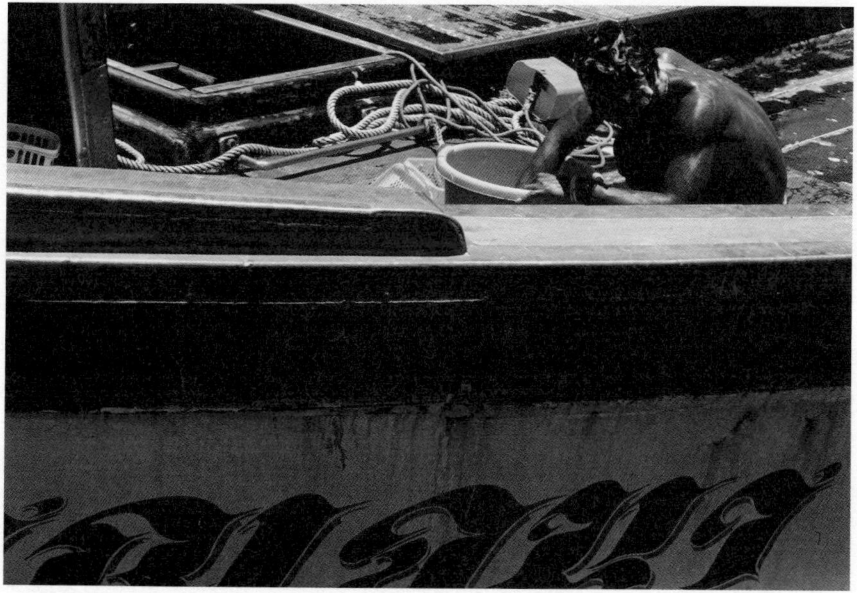

AKAN
BERMULA
SEBAGAI
SEORANG
ANA
berbekalkan nyali dan
orang yang
tuk keluarga dan
Rachmat
&
Jangan Lupe Bahagia
ANA
Aku Bukan
Lebih Baik
Dari Orang Lain

夠不夠？

對生命，我了解多少？

特別是，脫離熟悉舒適的窩，他鄉異國物質匱乏，斬斷諸多脈絡孤立無援時，獨自面對一己？

四顧都是人，但完全溝通不良時，算不算是「人」？

生命都是個己，現代人能帶把斧頭走入森林，學老美來個湖濱散記，回歸本心自耕自食，親近自然自生自滅？

懷疑。一兩百年前的事了，只是待了兩年，最後還是回歸「文明」。

森林，獨自一人，就算有把斧頭，也吃不了人。

但人，吃起人時，有時，吃得更貪婪，且不只是用斧頭。

真要「夠」就滿足，文明早非今日的文明樣態了。

我，夠不夠？

普吉顧船時的不夠 vs. 前鎮漁港的夠？

就只是「習慣」造成的物欲飽足感罷了！

普吉港非法漁工

出發囉！

經香港轉機到普吉島機場已黃昏，還下了場雨。

船公司說會有人來接，約定時間過了半小時，人咧？

用機場新買的5G上網卡撥 LINE 回臺灣，船公司叫我原地等。這一等，抽掉快兩包菸，還等到當地的自由行導遊問我是不是日本人來旅遊。我像遊客？兩小時後出現一外籍漁工，啊！不對，我才是外籍漁工。那人走過來問我臺灣來的嗎？筋疲力竭的我已沒脾氣可發，露出個基於國際禮儀的微笑，隨即跟著他上車。車裡連司機有兩個人，語言完全不通。這一開，先是大路，接著轉入較小的路，愈開人煙愈稀少，路燈稀微。

哇咧！這是安怎？看著 google 地圖指示的路徑，是要到哪啊？

危機意識抬頭，陌生地，陌生人，就一句「臺灣來的」，我就跟著走？我太神經大條了。忐忑不安中，車來到市區彎進小巷子，招牌寫著「Inn」，一顆心總算比較篤實，應該不會發生謀財害命的事了。

拿出護照登記完後入住。當時還心想，死外籍漁工，也不幫我這孱弱的老人家拿行李。但回頭馬上想到，這也正常，漁港的外籍漁工，不也都是自己扛著行李上船，好歹我還有小旅社可住。

進房一看，房間簡陋就算了，味道還超重。我是移工，來工作的，不是來觀光旅行的，將就點，別人能過我也能過。

再次自我勉勵！

隔天睡醒，十點多了。竟沒人招呼我？代理商咧？好吧，自生自滅的開始。

google 地圖指引下，附近逛了逛，才知我來到普吉島鎮，島上最繁華的市區。周邊地區靠兩隻腳亂逛，反正有 google

地圖迷不了路。

第一天閒逛，有點小得意，顧船顧到一日遊，賺到。爽！

第二天小小心慌，傳說中會說臺語的代理商咧？繼續逛，又有點忐忑了。

第三天開始大心慌，苦等無人 call 我，也不知該上哪兒去找人。愈逛愈遠，逛到網路上找到的市區景點。下午時，終於電話響了，一如傳說中會說臺語的代理商終於出聲了，約好隔日早上出發到顧船的地方。

又是個語言不通的人來接。

車子半小時後三轉四轉，停在小小巷子盡頭，一座空心磚搭建的平房處，一名中年男人和我接觸。

阿彌陀佛！總算會說點英文了，基本溝通勉強可行。

結果？心裡嘀咕著：「Linbei c come c go c don't no la! U C NO C? No C get out!」（我看來看去看不懂，你懂不懂？不懂滾啦！）

過程就不贅述，反正他老兄天花亂墜，先騙我他兩個兒子待在船上，結果幾小時後就碰到，方知他們應該沒有住在船上，坐領臺灣公司的薪資。可能代理商拿臺灣的價碼高但給得低，兩兄弟還奉令騙我薪水價錢，好歹我也做過功課，知道泰國工資水平，細問下才再三改口數字。

天下仲介一般黑，薪水沒付給這兩兄弟，還要我 LINE 這當地代理商，錢才匯入他們戶頭。

兄弟倆的父親也是有點賊，載著我附近逛逛，見見他諸多朋友，我乖乖地奉上攜帶來的小禮物交際一番。接著三繞四繞不走原路，繞到他家巷子口吃午餐，原來是他老婆開的店。

我懂，拜碼頭！讓我點了兩客遠超出我胃納量的餐。幹！先前就奉上黑牌約翰走路一公升，禮數已做足了吧。

一天過一天，還是沒有出港的跡象，每次我問兩兄弟，什麼時候去船上，每次都說明天上午，一延再延到下午、天黑後出不了港。要不就明日復明日，明日復幾時，我天天唱著明日天涯：「靜靜聽著，舢舨……」

欺負我這外籍漁工？

他們老爸，我心裡叫他「老賊」，處心積慮地挖錢，開始暗示要收我房租。不是都待在船上？還要收「房租」？

暫住的「房間」，簡陋到不行。可能為了通風，空心磚牆和屋頂接縫還鏤空兩尺長，室內什麼都沒有，只有一座鏽蝕斑斑的鐵架床，床面支架甚至鏽斷，更扯的是連床板都沒有，比前鎮漁港的外籍漁工生活條件還不如。

好吧，我是來體驗跨國漁工的生活，一切將就。小村落周邊完全沒有商家，就算有，買了也帶不回臺灣。總算，「老賊」不知從哪弄來兩塊破損的三夾板，鋪上床架至少能躺下睡覺。床有了，寢具？把帶來的書用衣服包一包當枕頭，「老賊」還善心地提供了塊塑膠布，自我安慰道：「船上顧船不也睡甲板上。」

行李箱攤在地上，空心牆上拉條塑膠繩當掛衣架，附近撿了張廢棄的椅子將就用，暫時的「家」總算安置好了。

兩兄弟可能年輕，多少還會幫點忙，善心地提供了電風扇，總算可解解熱氣。洗澡如廁？露天洗囉！簡言之，比臺灣的工地還不如。廁所在兩公尺外，沒門沒沖水設備。睡到半夜起來想上個廁所，媽呀，房間內像運動大會，各種小型昆蟲，地上牆面屋頂四處竄動。

一切，都是比較出來的。陸地至少比船上物質條件好太多，至少還有電和淡水。吃食，走二、三十分鐘到「街」上飽餐，而所謂的街，只是街旁的十幾家小商店。街對面小路盡頭的普吉港，每週麗星郵輪會靠港一次，短暫停留當地的遊客，撐起了幾家簡易商店的生意。

隔了幾天三催四請，兩兄弟才駕著小舢舨一起上到漁船。想當然耳，我搖身變船長大人了，船上一應物質統統算我的。不過，我一天也才一千多臺幣，能請的也就基本的菸和冷飲。

終究我是外地人，人生地不熟，還是孤家寡人，語言又不通，反倒處處需要靠他們幫忙。

上了船後才一目了然，四艘綁在一起被扣押的臺灣船上，到處都是荒廢已久的景象，哪有人生活過的痕跡？

按船上殘留的垃圾分析，都是久經曝晒和風吹雨打，自始至終臺灣來顧船的，想必都沒在船上生活過。

審時度勢，就算我真要孤身生活在船上，享受獨處的海牢歲月，首先，我年老力衰兼不會游泳，不慎落海也沒人可救；再者，按這兩兄弟的「勤勞」度，基本的維生物質也勢必要求爺告奶才會補給。種種都讓我不敢冒這等風險。

只好每月付了兩千元房租，有個棲息處，將就將就有得睡就好，好歹有水有電，雖說露天洗澡，至少乾淨些。

和兩兄弟約好每兩天出海一次，油費、冷飲、菸錢等各項雜費全算我的。前一星期，兩天小舢舨按時出動。慢慢地，三天一次，五天一次，接著完全叫不動。

小沙灘上停泊的小船和舢舨，深受潮汐影響，潮差之大可到三、四百公尺，海水離岸較遠時，小舢舨陷在沙灘上，動都動不了。

很奇怪，怎麼每次去看時都退潮，無法出港？

剛開始我承認我笨，但連續幾天上不了船，萬一船出狀況回臺如何交代？於是上網查了下潮汐表，幹！我直接將潮汐表傳到他們手機上，雖是英文，但有日期、時間和潮汐表，圖沒有人會看不懂。

這下他們乖了，不敢再用潮汐來糊弄我，藉口不上船。

有次實在受不了這兩兄弟的態度，逼得太急，舢舨返回沙灘時，他們故意停得較遠，我這菜鳥一下船水就淹到頸部，嚇一跳之餘回頭一瞥，兩兄弟的神情詭異。算了，船別沉就好。真要硬槓，萬一客死異鄉，向誰討？就兩個月，平安回臺才是王道。

出發前船公司經理曾交代，不能在船上喝酒。顧船的大多嗜酒，顧船又極端無聊，怎可能沒酒？後來經由臺灣朋友LINE告知，才知之前有個印尼人在這顧船，酒後摔死在一兩層樓高的冷凍艙裡。經此一事，才換成臺灣人來此顧船。

我不迷信，也沒害人，就算有鬼相信也不會為難我，但仍慶幸沒自己一個人待在船上。

兩兄弟就住在我「租屋處」的隔壁，天天不是看電視就是打電動，常看他們燉煮一鍋植物，像草藥般的濃稠液體，過濾後加冰塊飲用。好奇問了下，他們說是「補品」，喝了對身體很有幫助，還很慷慨地和我分享。想當然耳，我哪敢喝啊?!

有次看這兩兄弟，全身聞不到酒精味，但神情委靡、眼睛泛紅地喃喃自語，還會大吼大叫，桌上則是放著他們口中的「補品」。職場經驗早就教訓我，別再傻了，分明有鬼！

雖說是植物，猜成分應該類似迷幻藥之類的，說穿了就是嗑藥。

更加慶幸，沒和他們一起待在船上。

祖上有德！阿彌陀佛！

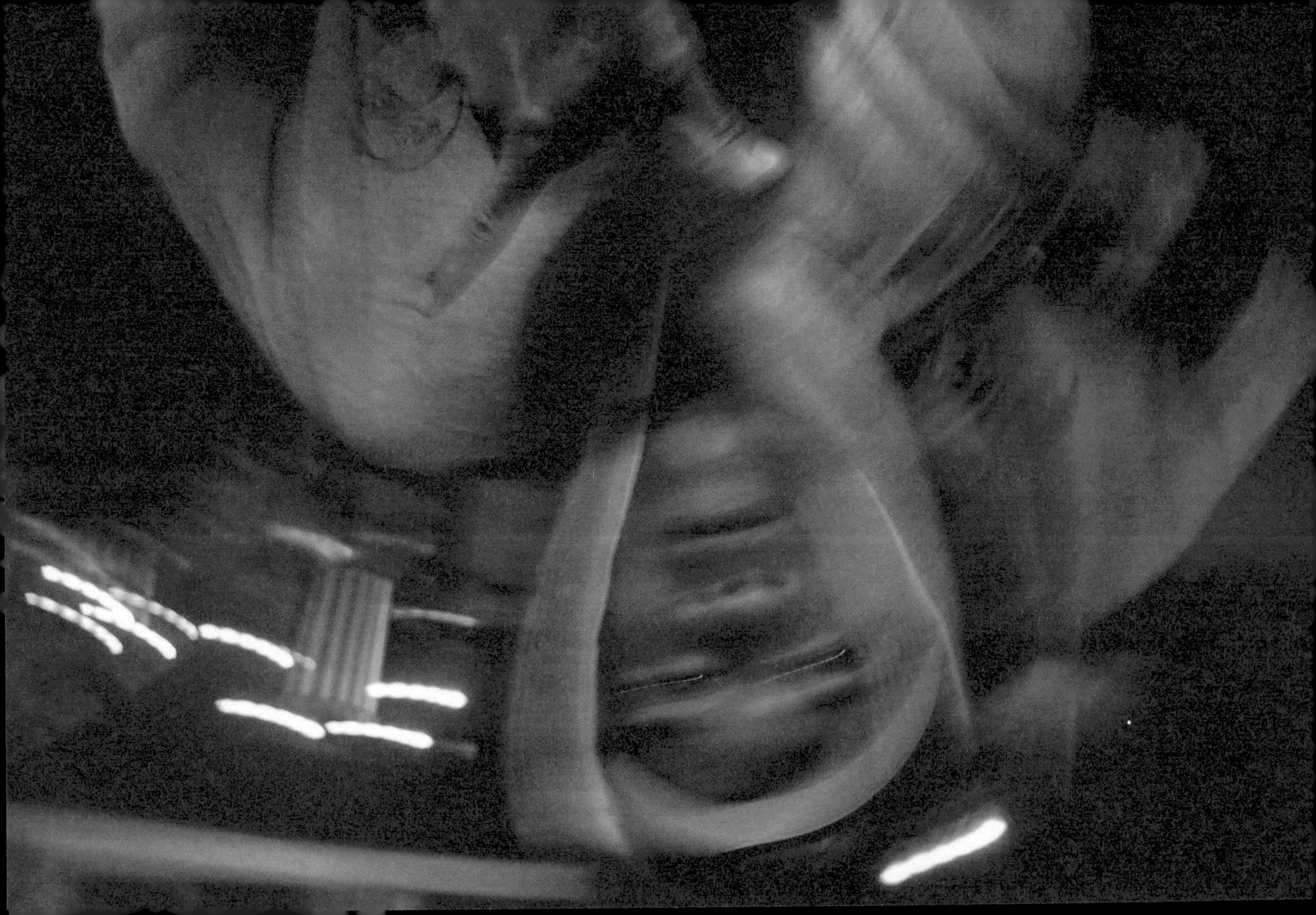

願望

漁工小聚會後，刻意不碰臉書，非耍帥，而是讓自己獨處，沉澱。

時間碎片，攪拌再三，歷歷在目，鮮明的是初碰漁工時的單純。

因緣際會貼近漁工，累積了些按快門後的這場攝影小聚會，然後？

談不上微言大義，算不上攝影創作，單純探尋一己出口。直白：生命轉折後，如何填充巨大的時間缺口。

老掉牙說法：生命是空容器，如何填充是一己之責。

無心插柳，或能小小冀望柳成蔭。得之，我幸；不得，我命。

無關人事物，「有效」生活且「無為」快樂，混了大半生後的……小小願望。

除了焦慮還是焦慮

更大的考驗來了！

全身被不知名小蟲狂咬猛叮，疱上加疱如疊羅漢布滿全身，除了癢還是癢。初始以為是蚊蟲啥的，買了數瓶殺蟲劑屋內狂噴猛噴。情況依舊，我拉開衣物給「老賊」看，他說是蚊子叮。

紅疱疱疊床架屋，大都集中在下陰和腹部，又不是裸睡，蚊子根本不可能鑽進去。用手機拍了私處照片傳給在臺灣的阿壽看，他說那是跳蚤。難怪！上網查了查，用洗衣粉抹叮咬處等偏方可消腫，試了完全沒功效，情況愈來愈糟，癢到整晚無法入睡。

房內所有物品洗了再洗，晒了再晒，情況依舊。

先是顧忌我隻身在外，大小事都要靠這家子人幫忙，如果不住這鬼窟怕彼此難看，人生地不熟的真要有任何狀況，這家子人又不是我的仲介，來個相應不理日子肯定難過，忍忍算了。但跳蚤咬後搔癢之難受，變本加厲毫無改善現象，整晚簡直無法入睡。

開口跟「老賊」提了下是跳蚤，他堅持是蚊子，意味著和他的房間無關。林老師咧！欺負我這孤苦無依的單身外籍漁工老人。我興起了看醫生的念頭，上網查了下醫院，都遠在數十公里之外的觀光地區，這裡又沒公共運輸和私人交通工具。

掙扎再三，我是來體驗跨國漁工的，這點小問題，看什麼醫生啊？來前就自我約束，像個外籍漁工般，嚴格控制預算，移工經濟什麼時候寬裕過？哪有閒錢自費看醫生？又不能求助於當地代理商，一求助肯定知道我沒待在船上，且之前的經驗告訴我，天下代理商一般黑，跳蚤又咬不死人，他會專程跑來幫忙處理才怪。

白目加上個性執拗使然，不看醫生！別人能忍，我就不能，算哪門子移工啊？癢啊！難受啦！剛躺下睡不到半小時就被癢醒，數晚無法成眠，林貝投降！但深知看醫生，只是將難受狀況減輕，環境不改善，照樣被跳蚤叮。

管不了那麼多了，打開天窗說亮話，我要搬家。

「老賊」不愧是「老賊」，為了這份房租收入依舊睜眼說瞎話，堅持不是跳蚤，還建議說巷子口他老婆的店裡還有空房，很「乾淨」。還不同樣是土屋！山坡邊的空心磚房子，一樣昆蟲滿地爬，會乾淨才怪！

很多歐美退休人士，因普吉島物價低，泰國人和善，藉由經濟優勢來到這生活，有的甚至娶了泰籍嫩妻落地生根，愜意過著晚年第二春。有需求就有供應，造就島上四處都有「room for Rent」牌子。

事不宜遲，多待一天多受虐一天，我英文雖不好，至少這三個字看得懂，尋著附近路上的招牌問了問，竟然都滿了。

繞了繞，繞到小巷子裡，哇！十幾間像度假小屋，想說價格貴不敢貿然詢問，附近找了找看起來較便宜的房子，得到的答案都是客滿。

這趟移工之行，千算萬算沒算到房租開銷，帶來的泰幣不夠用，還好出國前辦了國際提款卡。但初心是來體驗移工生活，經濟困窘是移工的先決條件，要不誰願意離鄉背井營生？

移工至少還有代理商和同鄉可倚靠，吃住醫療等等不用擔心，我是除了有些許的錢外，和移工相比資源更少。真要出狀況，只有三年多的舊手機和5G的網路容量，可以聯繫遠在臺灣的船公司求援。

求援？那豈不是自曝其短，沒住在船上顧船？再笨，也不會笨到自投羅網。

掙扎再三說服自己，還是租了度假小屋型的房屋，搔癢簡直是非人酷刑。還好，月租只有「五千元」，但也耗去我全部泰幣的六分之一。

什麼是幸福？總算脫離苦海，望著屋內的設施我差點掉淚。

如同我兩個月前去印度旅遊的飯店般，小歸小但冰箱冷氣衛浴等現代設施一應俱全，對比之前的連床鋪都沒有的空心磚房，這裡簡直就是「天堂」。

就只是最低的「標準」套房，幸福感卻油然而生，喜悅無窮。人，「缺」後才知「得」的可貴。即便微不足道的日常小事物，久失後再得才更懂得珍惜。

漁港的外籍漁工，臺灣人眼中或許諸多的「缺」，但什麼樣的「得」撐起他們的意志，繼續遠離故土打拚？

不就是錢，能改善原生家庭生活的「希望」。

我呢？只因金錢壓力不大，發神經來「體驗漁工」心境，但小小的狀況就讓我困擾不已，人性軟弱至此，歐吉桑我不過是草莓族罷了！

白目個性發作，繼續發揚跨國漁工的經濟拮据精神，拒絕當中年草莓族，開始更加撙節各項開支，發誓不動用國際提款卡。

飲食一直是個問題，過往職場飲食不正常，胃腸小毛病不斷。來這，始終吃不慣本地食物，小村小落小地方，沒什麼飲食店，有的就只有普吉港對面的幾家小商店，賣的吃食大多雷同選擇極少，且極難入口。

最最國際化的，就是7-11超商，它的客群為每週靠港一次的麗星遊輪遊客，也是當地唯一，我視為「文明」的商店。其餘為類似臺灣的小雜貨店，只賣些簡易的日常用品。

住的問題解決，心情就較篤定，雖無任何交通工具，開始藉由雙腳展開獵奇之旅。漫遊一直是我的習慣，有所感時就掏出口袋相機隨意按按。

有天上午，逛到超商附近的馬路，平日門可羅雀的路邊停滿各型車輛，發生啥大事？

這鳥地方大都是穆斯林小村，最大聚落就一、二十戶人家，有些連個自來水都沒有，居民還要買水喝。一般家庭電器用品都很少見，我住的空心磚家庭，就沒冰箱洗衣機熱水器等家電。

好奇地待在超商前抽菸觀看，陸續有遊客從普吉港區走上街頭，偷偷靠近竟然聽到耳熟能詳的國語，討論先買啥再去哪玩？有的和出租車司機討價還價，包車到普吉鎮和芭東海岸等觀光地區遊覽。

來普吉島之前，我才參加遊覽團跑了趟印度，對比目前非法打工的我，心境著實百感交集。雖說是自願，但短短一兩個月之間，客觀環境驟變，心理衝擊勢所難免。明知自己在玩自己，但感受就是真實，落差就是如此巨大。

尾隨遊客在附近亂逛，逛到港口遊輪停泊處。哇，壯觀！遊輪旁攤販雲集熱鬧非凡，臨時小市集近百攤小販，遊客眼中的各種異國風味食衣住行等品項都有，現場還能兌換各國貨幣，比起前鎮漁港還國際化。

光就吃食多樣化這項，比起小街上千篇一律的兩三家熱食店，就一直誘惑我的胃腸，嘗鮮的欲望蠢蠢欲動。

啊，不行！我是跨國漁工，出來賺錢的，和漁港外籍漁工一樣，錢不能亂花，他們可沒有國際提款卡可以應急……

無聊！心裡自我訐譙起來，就幾個「小」錢，有什麼好掙扎的……再三天人交戰，還是放棄口腹之欲，漁工可以，我也行。

返臺後回想此際內心的掙扎著實可笑，但當下心境確實如此。

傍晚逛逛港口，成了我的習慣；同樣的港口，不同的時空，完全無熟人的場域，語言全不通。遊輪不靠岸時，偌大的普吉港也不像前鎮漁港般並排泊船，岸邊空空蕩蕩沒幾個鳥人。同樣的港口邊踱步，心情大異其趣，我像個孤魂野鬼般漫無目的遊蕩，空具形體卻渾身不踏實，常惦念起前鎮漁港，熟悉的地、人和諸多回憶。

人，都是習慣的動物，跨國漁工本就不易，特別是單獨一人時。客觀環境陌生，語言不通人際網路歸零，心境更形艱難，無邊的焦慮揮之不去。

我怎會軟弱如斯？超乎來此之前的浪漫想像。

日子一天天過，如當兵般數饅頭苦熬，一日數次算著回臺的日子。隨著泰幣愈來愈少，雖控制在一餐一塊小炸雞、一小小白飯糰共二十五元，但焦慮也愈來愈深。

白目啊！自己為難自己，又不是真的缺錢，何苦自我虐待如斯？

內心吶喊：這種焦慮，完全沒必要。

泰國兩兄弟也愈來愈懶，原先說好的三天一趟船，就只是上船待個半小時理理纜繩，他們又可趁機搜刮船上物品攜回家一舉數得，而我只是求個工作上的心安理得。但說好上船的日子，永遠上午拖過下午，一天拖過一天又一天，哥哥天天燉煮他的大補湯兼打電動，弟弟偶爾幫父親做做小生意，反正就是不理我。在這，我不是爸爸「桑」，而只是一個人生地不熟的臺灣老頭子。受不了這種鳥狀況，跟他們父親告了狀，才心不甘情不願地敷衍塞責再出海兩三次。

有次，約好的時間，頂著大太陽走路來到他們住處，竟然全不在。現在是怎樣？一星期沒上船了，混也要有個程度。

大熱天又完全無遮蔭，揮汗如雨走到小海灘。

竟然在認真工作。兩兄弟和「老賊」，正賣力地整理著一艘老舊、但較大的舢舨。由船上的座椅和遮陽棚等設施判斷，應該是做觀光生意載客出海的「觀光船」。

市儈地上前讚賞了下兩兄弟的辛勞，「老賊」父親驕傲地指指周邊的舢舨船，說他有三艘船。

哇，原來也是漁港船老闆，失敬失敬！

老舊的小舢舨就是。

當面活逮，不是約好出港嗎？兩兄弟臉上無絲毫愧色，繼續幹他們的活。我心中也持續臭幹六譙，要在臺灣他們早就被遣返吃自己了。在這，真要計較起來，反而是我自己打包被遣返。

告「洋」狀？他們可是地頭蛇，小小地方住戶彼此都很熟，得罪一人等於得罪全村落，我才沒這麼笨，反正只剩半個多月相忍為錢，保命為先、行禮如儀地混完回臺灣，漁船別沉沒就可對臺灣船公司交代了。

等他們收工後，當著父子三人面約好，先讓他們搬器材回家，半小時後再回來此處，出海看看漁船情況，兄弟倆點頭應允。

結果……我在海邊被蚊子伺候一個多小時，一個人影也沒見到。

超級生氣，又如何？我，異國移工，單獨一個人，真要開幹，海上隨便一推，半小時後再拉上來。剖剖屍驗一驗無外傷無外力介入，泰國官方肯定便宜行事，章蓋一蓋斷定死因：「失足落海」。更慘的當然是「失蹤」，屍身隨海漂流，萬一找到也只是無名屍一具。

林貝家人向誰討？

老命為先，嘔歸嘔，吞下去。

慘上加慘的，老手機也出現狀況，常常死當。

我就靠這老手機和臺灣聯絡，附近完全沒有手機店，要買得開車半小時到普吉鎮買，我哪來的交通工具？

死人個性仍不改，立志做個勇敢的臺灣人，不用國際提款卡。

夠有種？孬種到焦慮感愈來愈重。

屋漏偏逢連夜雨，大熱天洗完熱水澡，光溜溜嫌熱開著冷氣吹，這下可好，好禮相送，感冒。還好沒發燒，臺灣帶來的感冒藥吃一吃，胃口和精神皆極差，秉持著跨國漁工匱乏的精神，飢餓中度日如年，總算熬過了五天終於痊癒。

屌吧！勇敢的臺灣爸爸桑！

啃！有病！自我虐待狂。

安全感

漫無目的對著任何物件狂按快門，一如持槍亂射圖個快感？酒後發洩？或許！

清醒後，數百張照片看都不看，全數delete。

意淫？

汽笛聲響起，甲板上視野開闊，航道上巨型郵輪緩緩駛出二港口。同樣的船，承載相同的人類，大異其趣的謀生與度假型態。

一如我在普吉島，看著一週往返一次的麗星遊輪，隻身寡人的跨國移工，極度缺乏安全感，身上少數的錢是唯一例外。

當身處他鄉異國時，有形無形的資源極度匱乏，錢是去除人性軟弱的唯一慰藉？

心緒滿筐返航

日子數啊數的，剩下一星期即將載「欲」歸國！

算啊算的，泰幣，不夠！

好吧，自我虐待玩夠了，算計於手續費超高，怕不夠提了五千元應急。

這下可好，有錢心就野了，好歹這趟也有十一萬收入，扣一扣支出實拿六、七萬跑不掉。幹麼苛刻自己？這下不自我虐待玩「跨國漁工」遊戲，感同身受得也差不多夠了。

手上一有錢就來到「大」街，吃一吃難吃至極的五十元餐，也首度喝起了酒精度百分之七的泰國啤酒。

數字觀念極差的我，算了算手中剩餘的錢，泰幣還是太多！一下子不夠，一下又太多。開始思索，走前如何用完手中的泰幣「鉅款」。

觀光客心態？

租屋處往南走有家大飯店，附近環繞幾家專做觀光客生意的餐廳，之前逛過幾次刻意不接觸。手上有了點閒錢，膽子大了些，大搖大擺逛進大飯店，可能非泰國臉，警衛也沒攔阻。設施還好，沒有我二月底去印度時的五星級飯店豪華。但彼一時，此一時也，我是跨國非法藍領移工，身分大不同。

可能是淡季，飯店專屬的海灘小貓兩三隻，各種設施使用的人也甚少。我暫居的這裡非旅遊熱點，遊客全往西岸的海灘度假聖地，難怪沙灘邊荒廢著不少興建一半的毛胚屋。

飯店前，琳琅滿目的旅遊印刷品，在在挑釁我煩躁的靈魂，挑戰我多餘的泰幣。

來普吉島前先在網路上做了些功課，雖說非法打工，但好歹也是出了趟國，怎可不趁機揩點油水，順便觀光觀光？

我獨來獨往慣了，一個人的旅行於我非難事，在合歡山睡車上都可以混個四天三夜了，還可獨逛合歡山數個峰，普吉島算什麼呢？

目標：一小時車程外的芭東海灘，普吉島的首選觀光勝地。

錢！錢！錢！老子有錢，不玩跨國藍領移工的角色扮演了，租了輛機車來去當全世界都受歡迎的觀光客。

騎到芭東海岸時雨下超大，跟隨人潮移動找到了「麥當勞」。總算碰到臺灣熟悉的店，進去回味了下臺灣「口味」。吃完等雨停歇後走出店外，竟然來個空間大迷航，找不到機車。還好事先用手機拍了照定了位，不得不佩服歐吉桑我的3C能力。繞了再繞，我這異鄉人冷眼旁觀什麼都覺得新奇，內心也興起度假聖地不就那麼回事，大同小異。

找好便宜旅館付了錢，竟然沒有Wi-Fi，算了！

果然是觀光景點，白天死氣沉沉的熱鬧一條街，傍晚一到開始生機盎然，酒吧林立聲光俱全，年輕女郎扭腰擺臀賣弄風情吸引觀光客，形形色色打扮的女郎街上拉客進店消費，其中不乏西方臉孔，只是年紀稍大。

雖是淡季，街上仍遊客簇擁，更多的是大陸遊客，簡體字招牌林立，更常聽見大陸口音的中文對話。

氣候宜人，人民和善，消費便宜，想不受歡迎也難。

思之再三，到哪，錢乃是王道。相對而言，漁港的外籍漁工，雖相較於臺灣人比較低薪和工作辛苦，但返鄉後都足以傲視左鄰右舍。而日薪較外籍漁工稍高的爸爸桑，相對於臺灣的物價，不也是辛苦的族群？

人，到哪，都靠物質生活，資本主義社會，身分地位等同金錢，無分中外、族群和幣別。

口中不禁哼起竄改歌詞的童謠：「世上只有摳摳好，有錢的孩子像個寶，幸福活到老。」

返臺倒數前，天天步行到兩兄弟大宅，敦請兩貴大爺賞臉親臨海灘開開舢舨，讓小的最後再次巡視漁船，畫下跨國漁工生涯完美的句點。兩兄弟照樣宅在家，照樣喝補湯打電動，有次上午堵到人，習性就像前鎮漁港的外籍漁工，你說什麼他們都滿口答應。先推說下午去，但下午永遠上演「失蹤記」的陳年戲碼。碰到「老賊」，也永遠一副「你奈我何？」的表情。

我這爸爸桑在時兩兄弟都敢落跑了，我回臺後會上船看才怪。反正船不會沉，真要沉了，沒合約也沒其他證明可以要求他們負起責任，兩兄弟怎會有任何責任感？做人做事都有個責任在，有其父必有其子，看這家子人的工作態度，能翻身脫貧才怪。

職責在身，另外雇請了別艘的小舢舨跑了一趟，但只有一位漁夫，到了現場試了幾次，根本無法停定船身旁，遑論爬上兩層樓高的甲板。

仁至義盡，我這持觀光簽證的非法漁工，終於可以按日期打道回府。

再見了！普吉港。

再見了！我歷時兩個月的跨國藍領漁工生活。

一年後，這艘非法捕魚被扣的臺灣權宜船公司經理，來電話問我，我在船上時，神龕裡的三太子神明還在不在？

唉！賊性難改……

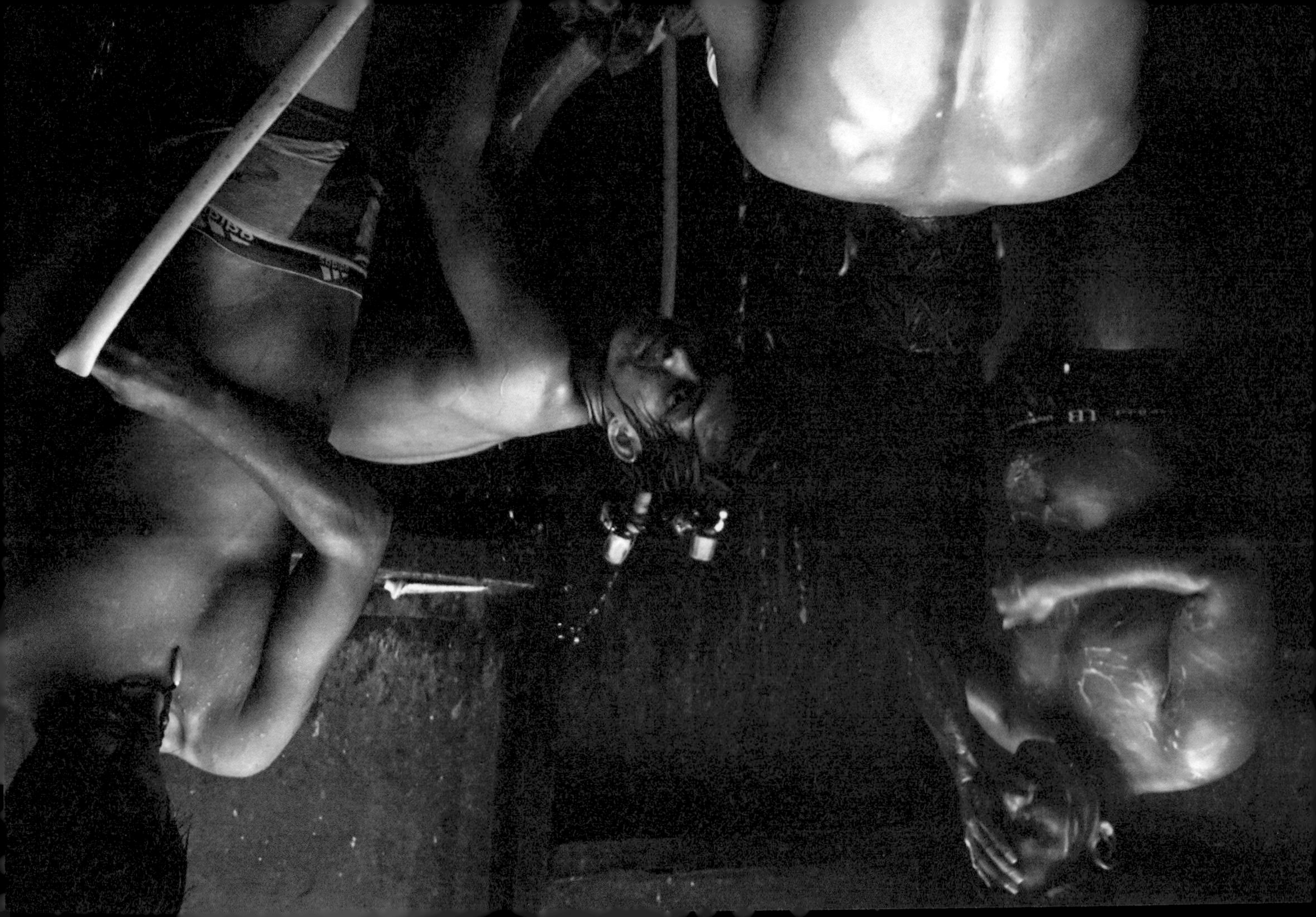

憶，普吉島

洗過方知
異地洗個痛快澡都很難
無水無電不靠岸的漁船
淡水極其可貴

呼天不應
叫地不靈
怪我不會游泳
無法跳下水洗個海水澡
泣！

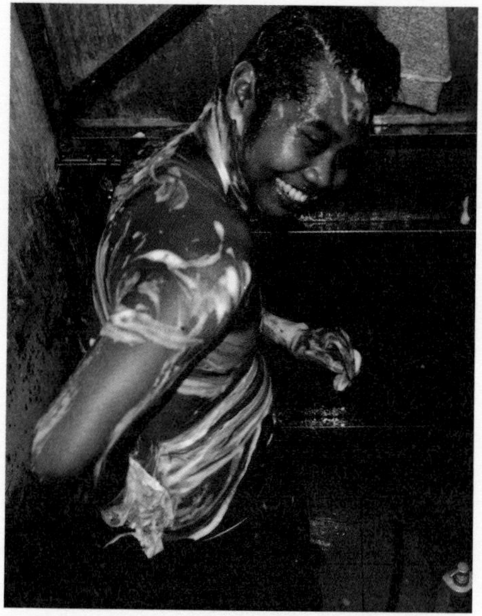

文化聖殿

美術館前廣場架起露天餐會，供各方藝術家年度聯誼。頒獎日頒完獎後舉行，本屆得獎者也獲邀入席。

館區內一方小牆，展示我消費漁工的照片，大都是老外烈日揮汗工作，以及席甲板而睡。

「得獎者的桌子在那邊。」館方人員指引我。「謝謝！待會再入座。」我繼續繞著圍繩外踱步，腦際亦迴圈著「框架、權力關係和話語權」等無聊字彙。

音樂持續，室內樂團優美演出臺語歌〈舊情綿綿〉，美術館和漁港水準，就是大大不同，讓我自卑到無以復加。

坐在圍繩外長椅上，一瓶啤酒一部筆電，觀看、發呆兼偶爾打打字，記錄一種無聊心情。

空氣中瀰漫著音樂聲、笑聲和食物香味，多美好的夜晚，往來無白丁，藝術節的藝術家年度盛會。

開始用餐，取餐區位於我正前方，我識趣地坐得更遠，習慣當藏鏡人，一如我在船上。

漫步走到園區對面的麥當勞用餐，隔桌傳來老外的笑聲，四名外傭歡樂地自拍，陸地與海上差別？用印尼土語打了聲招呼，原來是菲律賓人，還教了我句謝謝：salamat。我發音不標準，她們還友善地拿手機秀字母給我看。

再度踱步回原地，只剩工作人員疏疏落落地恢復場地原貌。

明天，又是新的一天，文化聖殿。

顧船的血淚

「我來採訪血淚漁工。」

「老新聞了，還玩？」

「老總說您這混的最熟，第一手資料最多？」

「大記者，拜託！我只是小小的臨時工，接觸的全都是印菲漁工和底層臺灣人，資料非常有限。」

「我們就是要最底層、最貼近現場的。」

「攝影機先收起來，聊完再說。」

「剝削？血淚？當然有，臺灣人的要不要？」

「哪可能？」

「有啊！年輕外籍漁工剝削血淚臺灣老人，我就是一例，我可以控訴嗎？」

「……」

「還常集體霸凌我，要菸要酒要不停，連我的感冒藥都要光光。要到時和顏悅色，要不到時給林貝比中指，偶爾心情好良心發現時，一兩個人才塞點小東西補償我的心靈創傷。」

「……」

「他們簽約領月薪有保障，我一年才四十幾天臨時工日薪，還隨時可能『明天不用來了』，不問原因立馬被撤職查辦。」

「……」

「這絕對夠新夠嗜血，保證獨家，標題『孤苦無依的臺灣下流老人』。」

「……」

「報導一下啦，我可以露臉不用打馬賽克，萬一大轟動，我保證繼續給你獨家，採訪獎金也不用分我。」

「*&*&$##%@*&(*&@#&^*(*」

沒有細節的速食消費

不管是劇情或紀錄片，接觸過一些來探點找靈感的影視人，打算拍沸沸揚揚的外籍漁工題材。

林貝又要接客，午告雖，有夠倒楣！

從沒聽過打算長期駐點，就只想透過漁港人，最短時間內最大效益化完工作，消費完拍拍屁股：「謝謝！再聯絡！」

最常聽到的大有為題材：異國戀情。東南亞漁工和臺灣女子的愛情，纏綿悱惻＋感人肺腑＋轟動武林……

國族、位階和經濟等等賣點俱全，摻點異國情調，再撒些鴉片迷幻愛情元素，當然有市場性。絕對夠芭樂、夠歡樂，保證撫慰人心，滿足臺灣人的優越感。

然後呢？

拍攝現場，和發財車賣吃食冷飲的夫婦聊起，提到他兒子也在影視圈工作，非常辛苦又賺不了錢。

話鋒一轉，他說他也曾「傻過」。兒子團隊來這拍片，他盡地主之誼熱心張羅，結果落得打水漂被視為「應該的」。

我只能笑笑，南部人熱情，但這樣就好，千萬別想太多。臺灣南北四百公里，觀念本就存在差異，價值觀多少也不同。

吃王八蛋，舉世皆然，我亦是其中一員。

要做，別怨。要怨，別做。沒人規定，要熱情招待。

一己之私

天地不仁，以萬物為芻狗。人心不古，以它牠他她祂為砧板？

小店十字路口搭棚的尾牙，讓我思緒澎湃不已。

事不關己，本應漠不關心，搞好自己的漁工系列即可。

進進出出棚子，斷斷續續吃了些尾牙菜，拍攝「我要」的一張。

漁船大都出港，外籍漁工少之又少，快結束時才拍到「我要的」。

我要的、你要的、他要的，人人都有想「要」的，萬一「要」的衝突，層層疊疊糾葛時？

或許，人生本就如此，錯綜複雜的人際網絡。

只是今晚，我老毛病又犯，揮之不去的混亂思緒。

臺上加演的「戲碼」，臺前參與的觀眾，臺外路過的外籍漁工，還有一個遠避東港的朋友，手機時不時顯示來電未接。不接。

事不關己，關己則亂，我本是局外人，不該蹚這渾水。

他一定喝掛，換成我也一樣，而我這爛朋友卻不接，接了如何安慰他？

我被竄改的課名「如何用照片說故事」，說的也只能是攝影元素呈現的「故事」，就照片裡元素假掰。

掰之有道，則美。無道，則醜。他者解讀，不關我事。

又如何？就只是攝影，一種所謂的「休閒」。

人生才重要，各有各的人生；生活，遠比攝影重要多了。

而我，只是個「照相的」，拿相機的黑手。

環保

什麼叫環保？
不用走遠就著雨水洗個澡
船員樂不可支

很難想像？
真實情況就是如此

髒

淨化，心靈vs.肉身？
漁港，漁工乍看髒汙不堪，但個人身體衛生都做得很好。
環境衛生，卻不敢恭維。
設備老舊＋群居生活，想也知。
庶民，面對濁世，能做的，僅止於獨善其身？
下船三天了，陸續整理這次顧船所攝，近萬張的影像，果
然，食指萬歲，亂槍打鳥矣！
發現，自己較能跳脫當下時空的「心緒」，無感地看待這
批照片。
麻木？
或許吧。

承受

拍船員不難，只要小小的幾個「夠」：
夠窮
夠老
夠髒（耐髒）
夠粗鄙
生命中難以承受之……夠不要臉

離港留影

有人質疑我拍外籍漁工洗澡的鏡頭，「這有什麼好拍的？請體諒他們生活的不便。」希望我不要把自己的興趣建立在別人的痛苦上。

我想了很久，真的沒什麼好拍的？

船員來通風報信，要我去「玩玩」。我下去時，兩手拇指食指框成方塊，對著正在洗澡的船員大喊：「Photo! Photo!」可想而知，又是一陣嘻笑怒罵，訐譙聲中鬧成一團。這情景，似曾相識，當兵時同袍間的戲弄取樂，我也常是被作弄的一員。

腦中突閃，類似畫面似乎拍了很多，但還沒拍 video。最後，我選擇站在樓梯上，藉著視角遮臉、遮生殖器，也避免拍 video 直視太久而彼此尷尬。

這艘船的船員我完全不熟，從零開始「盤撋」。加上我剛川藏旅遊回來，感冒月餘未痊癒，這次完全沒靠菸酒搏感情。憑藉的，就只是純粹把他們當朋友的傻念，以及協助他們出門在外的諸多「不便」。

只要是人，就有形形色色的人性，有各種需求，要錢要菸要酒是這些外籍船員最基本的需求。但是，給了一人，給了一次，保證其他人也會聞風而來，並且一而再，再而三地讓人應接不暇。因此，很多爸爸桑對於同船的外籍船員，採取不理不睬、零互動的態度來保持距離，去除後續可能衍生的困擾。

外籍船員眼中，公司和船上幹部包括臨時工「爸爸桑」好不好，大都建立在給的大不大方、能不能滿足他們的基本需求。阮囊羞澀的我，能做到的也僅止於此。

離岸職場，不也是如此？

這，就是人生。

我會把拍下的照片讓這些外籍員工看，並在離港時將照片燒成DVD送給他們留念。他們也都知道我這「爸爸桑」會將照片放上臉書，所以有些還會加我臉書，甚至船員的家人也加我為臉友，隨時來看看親人的瞬間身影。

雖說語言不通，但影像無國界，瞬間的留念，讓語言不再有隔閡，疆域不再有邊界。

距離，容易想像；體制內，絕對存在「弱勢」。

請相信我，國籍絕對不是唯一因素，早年跑船的臺灣、山地船員，工作環境和待遇亦如是。

有好船員，也存在好船東、好幹部；反之，亦然。

岸上隨處可見的外籍幫傭和雇主家庭，不也如此？

後記

趁著再度顧船之前，連夜從近三十萬張的照片中挑選，這可能是我最後一次「能」上船了。身為體制內最底層的臨時工，近身朝夕相處超過三千二百小時，不管外界如何批判剝削血淚漁工，就我目睹所見，這些和我小孩年紀相仿的外籍漁工，他們的樂觀豁達和善良，扎扎實實地讓我上了人生寶貴的一課。

螢幕中一張張影像重現，更加確信：「人，永遠永遠，不會因認真生活、認真工作，就矮人一截！」

如果？

意識形態罷了！

真心喜歡這些年輕人，我的英雄，加油！

本書絕非報導文學，它就只是某種漁工的「氛圍」，本土顧船老人的「氣口」。

一位寫作素人的臨時工，繫泊海港的漁船午夜，漁工大都酒醉入眠，一起瘋、一起飲酒的餘緒中，獨自坐在甲板上抱著筆電敲打按鍵。

佟談關懷、無能正義，就只是體制內最底層我的「雜」。

雜錄？雜思？雜亂？雜錯？

或許的也許，就只是一場因緣際會，小小的「雜碎」罷了！

李阿明

二〇一八年七月在前鎮港

作者・李阿明

自稱職業攝影黑手，畢業於國立藝專影劇科技術組，擔任過《自由時報》、《聯合晚報》、《時報周刊》攝影記者，以及時周多媒體數位影像組組長、資訊室副主任、中時網路影像副總監等。

「拍什麼漁工？有種，上來和漁工一起睡！」受朋友所激，於是在漁港一拍就拍了將近四年。二十四小時與漁港人菸酒交陪，與外籍漁工近身接觸、廝混，不僅成了漁港人的一分子，與漁工相處更發自肺腑地感到「自在」，也因此可能比比都會人少一些獵奇心態，多了一些同理。

這裡沒有神

漁工、爸爸桑和那些女人

Origin
013

文／攝影—李阿明
特約主編—劉素芬
責任編輯—李雅蓁
美術設計—林育柔

製作總監—蘇清霖
發 行 人—趙政岷
出 版 者—時報文化出版企業股份有限公司
10803 台北市和平西路三段二四〇號七樓
發行專線—（02）2306-6842
讀者服務專線—0800-231-705（02）2304-7103
讀者服務傳真—（02）2304-6858
郵撥—19344724 時報文化出版公司
信箱—台北郵政七九～九九信箱
時報悅讀網—http://www.readingtimes.com.tw

法律顧問—理律法律事務所 陳長文律師、李念祖律師
印刷—詠豐印刷有限公司
初版一刷—二〇一八年九月十四日
初版三刷—二〇一八年十二月十九日
定價—新台幣三八〇元
（缺頁或破損的書，請寄回更換）

·高雄市政府文化局書寫高雄出版獎助·

時報文化出版公司成立於一九七五年，
並於一九九九年股票上櫃公開發行，
於二〇〇八年脫離中時集團非屬旺中，
以「尊重智慧與創意的文化事業」為信念。

ISBN 978-957-13-7524-3 Printed in Taiwan

這裡沒有神：漁工、爸爸桑和那些女人／李阿明作
-- 初版 . -- 臺北市：時報文化, 2018.09
面； 公分 . -- (Origin 系列 ; 13)
ISBN 978-957-13-7524-3(精裝) 855 107014315